Il s'esveilla, si quit il voit
Que tout estoit songe et menchoigne
Aque ce avoit esté songe
Les ce comencha a servir
A haute vois a crier
Tu qui bargaignas les berbis
Pour mains les avras que ne dis
Quant les eut ne mon las vue
Pour .xx. deniers a ce consume
Aper de cest siecle autresi vait
Car quant li hom a tout atrait
Avoir o grans paour
O grans travaus et o grans labour
Il cuide bien tout tenir
Sel li esquet tout deguerpir
Car tout en peu de tans lait
Sans recouvrer quant puis vait
Tout autresi li sont muchies
Que a celui quis a songies
Seignour merveilleus ... fait
Qui cest siecle pour l'autre lait
De ces bons et ces malvais
Cis de guerre et cis de pais
Cis de joie et cis de plour
Cis de haine et cis d'amour
Cis est finables, cis est durables
Cis [illegible] ne sont pas estables
Cis a travail, et guerre et paine
Cis a souatume en demaine
Cil ne puet hom ore durer
A lessier il sanz fin ester
Cis dechiet plus tost que rousee
Cel soleil est eschaufee
Cil regne tant et tant dous
A nul jour quant bien nous
A tousiours sans ... avera
Ne [illegible] ne se verra
Haine, borde, malice
Puis tres est de tout vice
Ancois est pais, joie et amour
Cest ... ce siecle seignour
A ... maluais pense
Une secours, dont volente
... i ... acomplie
Tout cascuns par son plaisir
Chascuns tient la ou il voloit
Chascuns sa volente fera
Puis tost que ne l'avera pense
En faire sa volente
De servir ne doit estre lent
Cel guerredon en attent
Sert pas merveille se cil sert
Por de tans qu'en desert
Trois ert et tant reguerra
Dieu nostre sire sera
Qui tous tans fu ert et sera
Menchoigne nule ne fu n'aura
Dieu qui nous a ottroie
Par sa grace et par sa pitie
Trois de cel regne seron
Se par peche ne le perdon
Tout otroit a tous et consente
Nous voilons le droite sente
Que nous puisse desvoier
... qui veut nos enginer
Les diables qui nous espie
Entre nous a grant envie
Pour ce que bien a en memoire
La joie aurons et la gloire
Dont par son orguel perdi
Quant il trebucha et chai
Dieu nous doint sa beneïchon
In secula seculorum

Quepos en ton tens
pourras de savoir
Car tu goulous
trop avoir
robes et bons
chevaus de pris
tu quiers trop bien
ton estovoir
Tu ne cachas ne mau ne fame
Tous que d'avoir sotes sanz prise
Dont tu nes nule bien aprise
De ce quidés estre emplie
Nous ne ... [illegible]
Vels tu avoir ...

Ouvrages consultés:

Le Chastoiement d' un père à son fils, publié par l'abbé J. Labouderie 1824.

Fabliaux et Contes des poètes François des 11e—15e siècles, contenant le «Castoiement d' un Père à son fils», publiés par Barbazan-Méon 1808 (pas à confondre avec l'ouvrage précédent.)

Li Romans de Carité et Miserere par A.-G. van Hamel 1885.

Li Miserere, picardisches Gedicht aus dem XII. Jahrhundert v. A. Mayer 1882.

Li Dis dou vrai aniel, par A. Tobler, Leipzig 1871.

Vom französischen Versbau, A. Tobler, 1894.

Petri Alfonsi Disciplina Clericalis par V. Schmidt, Berlin 1827.

Haupt und Hoffmann, Altdeutsche Blätter, Leipzig 1836.

Fabliaux ou Contes du XIIe et du XIIIe siècle par M. Le Grand 1781.

Germania VIII, 1863.

Jahrbuch für romanische und englische Litteratur. 5. 1864.

Dichtungen des deutschen Mittelalters 3. 4. Barlaam u. Boner's Edelstein 1843.

Gröber's Grundriss der romanischen Philologie. I. 1888.

Ausgaben und Abhandlungen aus dem Gebiete der rom. Philologie (Stengel) 13—18, 94, 1896.

Die ältesten franz. Mundarten v. Lücking 1877.

Sitzungsberichte der k. k. Akademie der Wissenschaften, Philol.-hist. Cl. Wien 1864, 1870.

Bulletin de la Société des Anciens Textes Français, 1—21.

Romania I—XVIII.

Bartsch, Chrestomathie del' Ancien Français, 1895.

Bartsch et Horning, Langue et Littérature Françaises. 1887.

Öttingen-Wallersteinische Sammlungen in Maihingen, Handschriften-Verzeichnis, I. Hälfte, herausgegeben von Dr. Gg. Grupp, F. Bibliothekar. Nördlingen 1897.

PRÉFACE.

Une édition nouvelle du «Castoiement d'un père à son fils» était depuis longtemps l'objet des désirs des Mussafia. des Gaston Paris, des Paul Mayer et d'autres savants. Pour en donner une juste idée, nous allons mettre sous les yeux du lecteur diverses notes de ces savants. C'est d'abord Gröber qui nous dit dans son Grundriss p. 63 que l'édition pour les Bibliophiles français par Labouderie ne s'est imprimée qu' en 25 exemplaires. Gaston Paris appelle ce livre «une jolie traduction qui mérite bien une édition nouvelle.» v. Romania I, 106. Mussafia nous dit, à son tour, que, vu le petit nombre d'exemplaires de l'édition des Bibliophiles, une deuxième édition serait bien désirable. (v. Sitzungsberichte der Akademie der Wissenschaften, philol.-hist. Classe, 64, p. 557). Il faut encore citer le passage suivant, tiré d'une notice d'un manuscrit appartenant à M. le comte d' Ashburnham, notice que nous devons à Paul Meyer. «Le ms. de Maitingen a été signalé pour la première fois en 1864 dans le Jahrbuch f. romanische u. englische Literatur (V, 339) par un érudit qui, croyant l' ouvrage inconnu, annonça l'intention de le publier en collaboration avec M. le Prof. C. Hofmann de Munich. Le projet n'a pas eu de suite. En 1866, dans la première édition de sa Chrestomathie de l'ancien français (col. 242). M. Bartsch imprima un morceau du Castoiement en faisant usage du ms. de Maihingen. (Conte IV et Conte XXII.) Le même morceau se retrouve dans la 3e édition (1875) col. 265.» Revenous à Gaston Paris qui, en traitant des deux traductions en vers de la Disciplina clericalis, l'une. publiée par Barbazan-Méon dans les Fabliaux et Contes (1808), l' autre par la Société des Bibliophiles (1824), nous avertit que M. Wallenfells publia dans le Jahrbuch für rom. Literatur des fragments d' une version qui n' est autre que la traduction, publiée par les Bibliophiles. Gaston Paris prouve que la collation des passages cités par M. Wallenfells montre que le ms. d' où il les tire (il n' indique pas que le ms. se trouve à Maihingen) offre un texte rajeuni par comparaison à celui qui a servi à l' édition des Bibliophiles; si donc M. C. Hofmann avait l' intention de le publier, il devrait se servir de l' édition des Bibliophiles de 1824.

C' est ce que nous avous fait consciencieusement en prenant pour base de l' édition nouvelle le manuscrit de Maihingen, du XIIIe siècle, en le conférant avec l' édition der Bibliophiles par Labouderie, conformément au procédé de Bartsch dans sa Chrestomathie, et en n' adoptant les leçons de l' édition de 1824 que, quand elles étaient préférables à celles du ms. de Maihingen.

Il nous reste à dire quelques mots sur le manuscrit 730 de la bibliothèque princière de Wallerstein à Maihingen dont M. A. Mayer a donné en 1882, une description détaillée dans son édition du «Miserere» d' après le manuscrit de Maihingen. Nous ajouterons que le nombre des feuillets est de 111 et la mesure de 243 millimètres (le premier cahier de 238) sur 163. Les initiales sont exclusivement peintes en rouge. La première page est devenue presque illisible, les feuillets 59 et 60 sont mutilés: une différence d'écriture assez évidente nous fait supposer que ce manuscrit se compose de divers fragments qui n'ont été réunis que plus tard; fos 1 à 42 (Bible de sapience); fos 42 à 61 (Miserere), le verso du dernier feuillet a été laissé en blanc; fos 62 à 88 (traduction de la Disciplina clericalis — Castoiement: fos 88 à 89 (Li dis dou cors); fos 90 à 100 (Moralités des philosophes); fos 100 à 105r° (Doctrinal le Sauvage) f° 105 v° contient des proverbes et des notices de différente nature qui n' ont aucun rapport au manuscrit; fos 106 à 110 (Description de la Terre-Sainte, incomplète du commencement et de la fin — Fretellus en français.) Le caractère picard de la langue du copiste est évident.

Au moment de livrer notre travail à la publicité, nous désirons exprimer toute notre reconnaissance à Monseigneur le prince Charles d' Öttingen-Wallerstein qui a bien voulu faire envoyer le manuscrit de sa riche collection à la bibliothèque de la Cour et de l' État à Munich, à M. Dr. Grupp, l' aimable directeur de la bibliothèque princière de Wallerstein, qui nous a donné les renseignements demandés avec un empressement et une bonne grâce dont nous avous gardé un charmant souvenir, et enfin à l' administration de la bibliothèque de la Cour et de l' État qui a consenti à recevoir le ms. de Maihingen en dépôt.

M. Roesle, kgl. Reallehrer.

Le

Castoiement

(Traduction de la «disciplina clericalis» de Petrus Alfonsus).

Manuscrit de Maihingen (M.); édition des Bibliophiles par l' abbé Labouderie (L.) rubriques latines provenant du ms. de Kleing (Kl.). Barbazan-Méon (BM.)

Incipit clericalis disciplina. (Kl.)

f° 62 r°. Qui veut honour au siecle auoir
Premerainement doit sauoir
Que ne puet a honour venir
Qui ne se velt a bien tenir;
Et au bien comment se tenra
Qui bien ne mal n' entendera,
Ne ne sara en quel maniere
Se doie del mal traire arriere?
Car qui le bien velt herbergier,
Del mal doit son ostel widier,
Car guerre a entre mal et bien
Si tres grant que pour nule rien
A un acort ne se tenroient,
Ne ne s' entreconsentiroient.
Autresi est le biens malmis
Qui par desus le mal est mis,
Comme chil son boin vin malmet
Qui en malvais vaissel le met.
Qui pour dieu a che se velt mettre,
Qui bien velt faire et mal demetre,
Chil puet doubles honours conquerre,
L' onour du chiel et de la terre.
Ne pourquant gries cose me samble
Que nus les puist auoir ensamble;
Et quant je y pens, si voi bien
Que che ne puet estre pour rien
Que ambesdous les puist on auoir
Qui nes conquiert par grant sauoir;
Car ja qui gramment ne sara
Parfitement honour n' ara.
Sens est d' onour commenchemens,
Sens est de tous biens fondemens,
Sens a d' onour la segnourie,
Et sens a tout en sa ballie;
Et qui velt honour pourcachier,
Par grant sens li convient trachier.
Li sens le metra en la trache,
Et menra tout droit en le trache;
Car sachies, se il se desuoie
Que nus fors sens ne le rauoie.
Mult se fait a sens boin aherdre,
Car sens ne puet [on] onques perdre.
Grant auoir et bel hyretage,
Femme et enfans et son lignage,

1 M. Qui honour veut. —

42 L. Quer cel ne puet-l'en onques.

Che pert on tout deliurement;
Mais de sens vait tout autrement.
A homme va, a homme vient,
A bien, a mal a lui se tient;
Ja tant com li hom iert en uie,
Ne li faura de compagnie.
D'orgueil les purge et d' enuie,
Qu' iroie jou contant se vie?
El siecle le tient et tenra,
El en la fin o dieu ira.
Car qui sens a, si est montés
Sor toutes les autres bontés.
Pour chou que je voi et sai bien
Que auant sens ne passe rien
Voil Pierres Aufons translater
Et si me puis de tant vanter
Que se diex me velt maintenir
Tant qu' a chief en puisse venir,
Et del latin en romans traire,
Ne n' est nus qui plus doie plaire:
Car Aufons qui le liure fist
De nos boins anchisors le prist
Qui en grant sens se delitoient,
Ne rien fors sens ne conuoitoient.
Pour che que plus se delitast,
Qui oïst et qui escoutast
I mist deduis et bias fabliaus
De gens, de bestes et d'oisiaus;
Mais [che] sachies qu'il n' i a deduit
Qui ne soit cangiés en boin fruit.
Ne voil (cf. v.59) plus lonc prologue faire.
A l' euure espondre voil retraire,
Et diex m'otroit que si m' apregne
Que nus en mal ne me reprengne.
Et que a dieu en puisse plaire.
Et je et chil quil me fait faire.
Pierres Aufons qui fist le liure,
Moustra qu'il deuoit sens escrire:
Car tout auant diex merchia
Com il son liure commencha,
Del bien et del entendement
f° 62 v°. Que il a doné a se gent.
Apres moustra dont traiteroit,
Pour quoi et comment le feroit;
Puis fist envers dieu s'orison
Si com drois estoit et raison.
Et quant il ot fait sa proiere
Si commencha en tel maniere.
Uns sages hons jadis estoit
Qui a son fil souuent disoit:
La crieme dieu et la justise
Soit, biax fiex, ta marcheandise:
Saches tu que pour gaaignier
Ne t'estuet aillours traueillier.'
Uns autres redist ensement
Que qui crient dieu tout vraiement,
De toutes coses est cremus,
Ne ne puet estre confondus:
Et qui nel croit. che l'en auient
Que toutes coses doute et crient.
Et qui le crient, si le chierist
Et qui l'aime, a lui obeist.
Uns autres dist a son enfant:
Fiex, de dieu amer fai samblant,
Mais che n'est pas cose creable,
Se li cuers n' i est acceptable:
Car chil qui est v[e]rais amans
Sans faintise est obeissans
Et Socrates souent disoit
A ses clers quant il lor lisoit:
Ne soies pas obeissant
A dieu ensamble et estriuant.
Et chil dient: Maistre, comment?
De che n' entendons [nous] noient.
Lessies ester ypocrisie,
Se mener voles nete vie;
Ypocrite est qui fait samblant
Qu'il soit vers dieu obeissant,
Tant com il est deuant le gent
Et par derrier n' en fait noient.
Un autre i a qui en deuant
Et derrier est obeissant,
Pour che qu'il velt estre loés
De toutes gens et honerés.
Et autre gent encore sont
Qui jeunes et aumosnes font
Et parmainent en orison,
Et quant on les voit, et quant non;
Et se on demandant lor vait
Se le bien fisent qu'il ont fait,
Ne dient oïl ne nenil.
Mais, diex le set, sire, font il.

59 M. Velt Pierres . . .

Sel font pour itant que on die
Que il mainent honeste vie,
Ne ne se vont glorefiant
Del bien que il font, ne vantant.
Poi a orendroit gent en vie
Qui soient net d'ypocrisie;
Mais qui a cheste se tenroit
Et d'autre mal se garderoit,
S'en porroit venir a pardon.
Seignours, par boine entension
Faites le bien que vous feres,
Et bon loier en aueres
Que diex del chiel vous rendera,
Et li siens loiers miex vaura
Que ne fait li los de la gent
Qui alés est en un moment.
Li los de chest siecle poi vaut
Qui ensamble commenche et faut.
Diex nous doinst itel los aquerre
Qui le chiel gouverne et le terre.
Qui a dieu se velt bien tenir
N'est riens qui le puisse honir;
Qui fermement s'i prent et tient,
Toute proprietes li vient.
Seürs aille, seürs reviegne,
N'ait paour qu'il li mesaviegne.

Quant aux vers suivants,
cf. Boner, Edelstein, Nr. 42. (Von einer anbeize und einem höustüffel.)
Steinhöwel: Adelfunsus manet die menschen zou wyshait und rechter früntschaft.
Caxton: The fyrst fable maketh mencion of thexhortation of sapyence or wysedome and of loue.

Uns sages hons dist a son fis:
Fiex, pren garde, com li formis
Pourcache son viure en esté
Tant qu'en yuer en a plenté:
Soies sages et garnis toi
Si com li formis garnist soi,
Que ne t'en aviegne autressi
Com le crisnon qui au formi
Par besoing en yuer ala
Et de son blé li demanda.
Sire formis, que c'est abes!
f° 63 r°. Or me dites, sires crisnes,
Dont vous seruistes en esté,
Quant je pourcachoie mon blé?
N'avoie garde ne pourpens
Que jamais fesist autre temps.
Sire crisnons, dist li formis,
Vous entendïes as delis,
A juer, a esbanoier,
Et je au fourment pourcachier
Dont je viurai or cha dedens,
Et vous en aies fain as dens.
Gart or chascuns che que il a.
Bien sai que qui me loera
Que me desgarnisse pour vous
N'est pas de mon bien trop jalous.
Encore dist li pere au fis:
Fiex, ne soies trop endormis!
Vois del coc qui au matin veille
Et tu dors; n'est che donc merueille
Quant li cos te puet sourmonter?
Mout te deueroies pener
De lui seruir et sa proeche,
Quant cinq moilliers tient en destreche,
Et toutes les puet justichier,
Bien en dois une castier.
Fiex, tu entens et mals et biens,
Pour dieu, garde toi que tes chiens
Ne soit de ouer plus frans de toi.
Plus gentiex ne de meillour loi.
Si chiens aime qui bien li fait,
Ioïst le et honour li fait.
Mult te sera grant auillanche,
Se de meillour reconnissanche
Est chiens, et de gregnour franquise
A cui on fait bien et seruise
Que tu, car puis n'aras tu loy
Que uns chiens vaura miex de toi.
Fiex, une autre cose vous di,
Trop est mal d'auoir ennemi,
Et si te redi je pour voir
Que qui dous amis puet auoir,
Ne li doit pas petit sambler,
Que mult sont fort a acater;
Ne trop sambler ne li deuroit
Que ja mil auoir n'en porroit;
Mais ne cuit pas que onques fust
Hom en chest siecle quis eüst.

Conte I.

Du Preudom qui auoit demi ami. (L.)

Probatio amicitie. (Kl.)

Le Grand: Du Prud' Homme qui n' avait qu' un ami.
Caxton: Whanne Arabe wold deye.
Steinhöwel: Als der Arabs sterben solt.

Uns sages hons jadis estoit,
Quant il sot que fenir deuoit,
Un sien fil a soi apela,
Puis li enquist et demanda:
Fiex, dist il, di moy, quans amis
Tu as en ta vie conquis?
Et chil respont: Mien escient
En ai je conquis plus de cent.
Mult l' as, dist li peres, bien fait,
Mais je cuit que autrement vait.
Ia mar ton ami loeras
Deuant que esproué l' aras.
Mult sui ore anchois de toi nés,
Et si me sui toudis penés
D' amis aquerre et pourcachier,
Nonques tant ne peu esploitier
Pour rien que je faire peüsse
Que un ami entier eüsse.
Nonques ne peu tant esploitier
Que le peüsse auoir entier.
Et tu, biax fiex, comfaitement
En aues si tost conquis cent?
Considera uerum amicum! (Kl.)
Or fai che que je te dirai,
Esprueue, se il sont verai.
Pren un veel ou autre beste,
Puis li caupe orendreit le teste,
Puis aies un sac aspresté
Qui soit de sanc ensanglenté
De le beste qui ert ens mise,
Et appareillie en tele guise
Com se che fust uns hons ocis
Que on eüst par dedens mis.
A tes amis le porteras
Et a cascun par soi diras
Que un homme as en murdre occis
Dont tu es mult fort entrepris,
Car tu nel ses ou enfoïr,
Ne tu ne l' oses regehir
A nul homme qui soit en terre,
Fors lui, n'en oses conseil querre,
Et il t' en puet mult bien aidier
f° 63 v°. Sans che que l' en viegne encombrier,
Car plus tost ne sera enquis
Ne se maisons ne ses pourpris.
Et se aucuns t' en velt oïr,
Et toi et ton mort requeillir,
En chelui dois auoir fianche
Que ch' est tes amis sans doutanche;
Tu ne dois ami apeler
Qui ne te volra escouter.
Li fiex ensi s' apareilla
Com li peres li enseigna.
Le sac a tout le beste prist.
Ses amis un et un requist.
Li premiers qui parler l' oï,
Li dist, tantost fuies de chi:
Bien est li sas sor vostre col:
Pour bricon vous tieng et pour fol
Qui de tel cose m' aparles.
Ne veil estre desiretés,
Pris ne raiens pour vostre atrait:
Si com vous aves le mal fait.
Si soit le paine toute vostre.
Par saint Andrieu, le boin apostre.
Ia en me maison n' entreres.
Ne vostre mort n' i enfourres.
N' i ot onques un seul des cent
Qui ne li desist ensement.
Quant il les ot tous ensaiés,
Si est arriere repairiés,
A son pere dist que fali
Li estoient tout si ami.
Dist li peres: Or as apris
Che que tu as oï toudis.
Que au besoing veïr puet on
Qui ses amis est, et qui non.
Or va a mon demi ami,
Puis le respreuve tout ausi;
Si sarons que il redira
Et combien il nous amera.
Et chil si fist tout maintenant.
Tout autresi comme deuant.

6 M. ma; L. ta (dum vixisti).
23 M. Fai che...

Ot as autres l' ueure contée
L' a a chestui dit et contée;
Et chil respont: Biax dous amis,
N' a lieu en trestout mon pourpris
Ou vostre mors ne soit celée,
Ne je n' ai maison si priuée:
Ne pourquant je vous aiderai
Au miex que aidier vous porrai.
Dont est en le maison entrés.
Tous les autres en a getés:
Bien a fermée le maison
Sor lui et sor son compaignon:
Puis prist un picois pour foïr
Et le mort voloit enfoïr.
Quant chil vit que tant l' en estoit
Que le mort enfoïr voloit.
Del tout li dist le verité,
Confaitement auoit ouré;
Puis prist congié, si s' en ala
Et a son pere le conta.
Fiex, dist li pere, amis n' est mie
Qui a ton besoing ne t' aïe.
Peres, dist li fiex, saues vous
Homme el siecle si éurous
Qui eüst conquis vraiement
Un ami enterinement?
Chertes, fait il, ainc ne le vi;
Mais d' un seul parler en oï
Qui a mort se voloit liurer
Pour un sien ami deliurer.
Peres, dont me dites comment
Mult volentiers or i entent.

Conte II.

Des deux bons Amis loiax. (L.)

Le Grand: Des Deux Bons Amis.

Caxton: Of two marchaunts whiche neuer had sene eche ather.

Steinhöwel: Von zwayen koufflüten, der ain waz in Egipten, der ander in der houpstat Baldach.

Doi marchéant jadis estoient
Qui loins l'un de l'autre manoient;
Li uns en Baudas sejournoit,
Li autre(s) en Egypte manoit.
Et pour che s' entreconnissoient
Qu' il aloient et qu' il venoient.
Et mandoit cascuns son talent,
Ne s' erent veü autrement.
Mais chil qui en Baudas manoit.
Se pourpensa que il iroit
En marchéandise en Egypte
Ou ichil siens amis habite.
Com il ains pot, vint el païs.
Quant che oï li siens amis
Isnelement encontre ala,
f° 64 r°. Et richement le herberga.
Mult se pena de lui seruir
Et a faire tout son plaisir;
Li mist son auoir a bandon.
Femmes auoit en se maison,
Filles et nieches, camberieres
Et autres qu' il auoit mult chieres.
Deuant lui les faisoit mander
Et harpes et tymbres soner.
Sept jours le tint en tel sejour,
Et quant vint au witisme jour
Que il s' en cuida repairier,
Se li auint grant encombrier
Que malade l' estut couchier.
Ses amis en fu deshaitiés,
Manda mires ou il les sot,
Mult en i vint, mais nul n' iot
Qui par raison moustrer peüst
Quel mal ne quel dolour eüst.
S' orine souent regardoient,
Au pous et as vaines tastoient;
Com il plus s' en entremetoient,
Et il de son mal mains sauoient.
Et quant il ont tout encherquié,
Si se sont mult auesüé,
Quant n' i trueuent mal ne dolour,
Que che est passions d' amour:
Dont li vint deuant ses amis.
Demandé li a et enquis
Se femme auoit en se maison
Qui de son mal fust acoison.
Sire, fait il, faites moi tant
Que vous le m' amenes deuant,
Et se cheli i puis vëoir,
Sempres vous en dirai le voir.
Chil li amaine tout auant
Ses camberieres par deuant.

Quant il a cascune esgardée
Nule d'eles ne li agrée.
Chil ses filles li amena,
Et il toutes les refusa.
Li sire une meschine auoit
Cui il gardoit et norrisoit,
Pour che le faisoit bien garder
Que il le voloit espouser.
Cheli deuant li amena.
Et il tantost si souspira
Et dist: Icheste a le baillie
Ou de me mort, ou de me vie.
Quant li sires a entendu
Que li enfers a respondu
Que par chelui fu si souspris,
Auoi! fait il, biaus dous amis,
Che seroit et pechiés et tort,
Se vous pour lui recheuies mort.
Tenes, je vous en fais le don,
Demain le vous espouseron.
A mon oes le deuoie auoir,
Si ere saisis de l'auoir
Que si ami dont me donerent,
Quant le mesquine m'afïernt;
Le femme et l'auoir retenes
Et encor plus, que vous ares
Che que apareillié auoie
Que en douaire li donroie.
Sire, dist il, mult grant merchis,
S'ensi est, dont sui je garis.
Ensi, dist li preudon, sera.
Li malades s'asséura,
L'endemain ala au moustier,
Le mesquine prist a moillier
Et l'auoir ot et le douaire.
Et quant bien ot fait son afaire,
Repairiés est en son païs
A che que il auoit conquis.
Apres auint que nule rien
Ne remest a l'Egyptien;
De grant poureté fu destroit
Qu'il perdi quanque il auoit.
Quant il vit que il n'auoit que prendre,
Ne que engagier, ne que vendre,
Mult fu dolans, ne set que faire,
Que ne pooit mesaise traire
Com chil qui ne l'auoit a us
Et honte ot d'aler par les huis:
Méismement en son païs
Ne volt estre apelés mendis.
Li besoins li fist pourpenser
f° 64 v°. Que en Baudas deuoit aler
La ou chil siens amis estoit,
Sauoir, se pitié en aroit.
Car il l'auoit mult honeré,
Et serui a se volenté,
Iadis quant vint en chest païs.
Et il le vint adont veïr.
Nus et fameilleus et despris
S'est un jour a le voie mis:
Car mult auoit de mal souffert
Souent et l'esté et l'iuer.
A Baudas vint, tant a erré,
Mais honte ot de se poureté.
Ensor que tout vespres estoit.
Pour che redoutoit et cremoit.
A che que n'iert pas bien vestus.
Que il ne fust mesconéus.
Entrés s'en est en un moustier
Ou le nuit voloit herbergier.
Quant il fu ens, es vous venant
Dous valles forment estriuant.
Deuant l'eglise s'aresterent,
Manechierent et estriuerent;
Et puis se sont au ferir pris
Si que li uns a l'autre ocis.
Chil fuÿ qui l'autre ocis ot,
Onques hom ne femme nel sot.
Li premiers qui le mort troua,
Tous les citoiens apela.
Li preuos fu tost au moustier
Pour vëoir et pour encherquier
Que pour garant ne s'i fust mis
Chil qui chel homme auoit ocis.
Li Egyptien i ont troué,
Enquis li ont et demandé
Qui il ert et de quel païs.
Et se chel homme auoit ochis.
Seignour, fait il, quels que je soie,
La mesauenture en est moie:
Nel celerai pas, je l'ocis,

137 M. Li Egyptien l'ont troué;
L. L'Egiptien i ont troué.

Faites de moi tout vostre auis.
Pour cel dist que morir voloit,
Pour le honte que il auoit
De che qu'il fu a che venus
Que fameilleus estoit et nus:
Se n' en sauoit nul recourier.
Et honte auoit de mendiier.
Chil le prisent, si l'ont lié,
Puis esgardent, si l'ont jugié
Que pendus soit tout maintenant,
Car n' auoit cure que garant
Li fust l' eglise ou il estoit.
Merveilleus pule i acouroit,
Quant on a pendre le menoit.
Entre les autres gens estoit
Ses compains, quant il esgarda,
Arestut soi, si l' auisa;
Bien aperchut que che estoit
Chil d' Egypte qui li auoit
Tel honour fait et tel seruise.
Diex pere! dist il, en quel guise
Me contenrai? Que doi je faire?
Des fourques ne le puis retraire?
Et puis que il sera pendus
Ne li ert guerredons rendus
Del honour ne del bel seruise
Que il me fist par sa franquise,
Ne jamais léeche n' aroie,
Se guerredon ne l' en rendoie;
Ne guerredon ne li puis rendre
Se je ne me fais pour lui pendre.
Son tres grant bien li renderai,
Son corps pour le mien raiembrai;
Le mien lairai a honte aler
Pour le sien garir et tenser.
Lors s' est oiant tous escriés:
Seignour, fait il, grant tort aues,
Chel homme laidissies a tort
Onques pour lui ne rechut mort
Hom el siecle, je vous plevis,
Che fui je qui chel homme ocis.
Pour coi vous le menes a pendre?
Lui deues laissier, et moi pendre.
Quant li préuos a che oï,
Gete les puins, si l' a saisi;
Estroitement l' a fait liier,
Puis a fait l' autre desliier.
Chil qui l, omicide fait ot
f° 65 r°. Entre les autres gens alot,
Et ot oï que chil disoient
Que l' omecide fait auoient
Sans che que nus d' aus ne l' ot fait.
Ha! Diex, fait il, che comment vait?
Or sera ja chel homme ochis
Par l' omicide que je fis;
Par mon pechié pendus sera
Sans che que il coupes n' i a.
Cheste cose va malement,
Selonc le loial jugement
N' en deüst nus perdre le vie
Fors je qui fis la felonie.
Car chil qui est seus au mal faire,
Seus doit estre a le paine traire.
Iche vait or tout autrement;
Mais diex qui che voit et consent,
Set bien comment le cose vait.
Puet [c'] estre que pour che le fait
Que de moi plus tres aspremeut
Autre fois prengne vengement.
Dont s' est oiant tous escriés:
Moi, seignour, dist il, moi prenes.
Car je l' ocis tout vraiement,
Onques n' en seut auoiement
Cheli que vous pendre menes.
Clames li cuite, moi prenes!
Chil en furent tout esbahi,
Getent les mains, si l' ont saisi:
Estroitement l' ont fait lïer,
Puis ont fait l' autre desliier.
Merueillent soi estrangement,
Et vont doutant del jugement.
Quant ne se peuent acorder,
Au roy vont le cose moustrer.
Li rois douta del jugement,
Mais par le conseil de sa gent
Lor dist que tout lor pardonoit,
Que ja nul d' aus mal n' i aroit,

178 M. Pour le sien garantir et tenser.
185 M. Pour coi vous le menes pendre?
189 M. Estrangement, cf. v. 221.
191 M. l' ot; L. fait out.
210 M. s' estre; L. cel estre.

S' il gehissent la verité
Comment il auoient ouuré.
Chil d' Egypte li a conté
Que pour fuir se poureté
Dist que chel homme auoit ocis.
Et puis reconta ses amis
Que se voloit a mort liurer.
Li tiers le verité en dist
Comfaitement chelui ochist.
Et le regehi pour paour
Que paine n' en eüst gregnour,
Se chil en fust pour lui pendus
Qui coupes n' i auoit eüs.
Li rois lor a tout pardoné
Et mult a cascun d' aus loé.
Et chil a pris son compaignon.
Si l' emmena a se maison,
A grant joie le recheü
Et se femme mult lié en fu;
Car il l' auoit mult honerée
Et a chelui l' auoit donée.
Feste li fisent et honour
Et le tinrent o els maint jour.
Tant que che li vint a plaisir
Qu' il volt en son païs venir.
Et ses compains li prist a dire:
Ensi n' en ires vous pas, sire.
Li auoirs qui me fu donés
Sera bien hui guerredonés.
Sachies que tout sans tricherie
Aueres del mien le moitie.
Chil le prist, ne fu pas dolans
Qui de l'auoir fu besoignans.
Et l' endemain son oirre a pris
Pour reuenir en son païs.
A tout l' auoir joians et liés
S' en est arriere repairiés.
Dist li fiex: Or ay bien oï
Que jamais hom n' aura ami.
Fiex, pour che n' est mie bien sages
Qui moustre a homme son courage
Ne descueure se priueté
Deuant que il l'ait esproué.
Car tu verras tel qui dira
Que sor toute rien t' amera,
Et s'ira frotant entour toi
Tant que il sache ton secroi.
Et quant ara tout encherquié
Pour che que samblant d' amistié
f° 65 v°. T' ara moustré par traïson,
Et il t' ara pris a bricon.
Adonques primes te harra.
Et son secré descouuerra.
Et si se penera de faire
Cose qui te court a contraire,
Et tous aaisiés en sera
Par ton secré que il sara.
Ne sai pestilence nomer
Qui fache plus a redouter
Com familier a ennemi:
Mil homme en sont mort et honi.
[Or] aies bien proué a feil
Chelui cui tu dis ton conseil:
Miex le te vient tous jours celer
Que a maluais homme moustrer.
Tant comme tu le celeras.
En te prison enclos l' aras.
Et puis que autres le saura
En se prison enclos t' aura.
Biax fiex, che est mult grant folie
Que nus hom preigne compaignie
A son anemi que il puisse
Pour c' autre compagnie truisse:
Que tout le mal que il porra
Ses anemis i metera,
Ne n' en metra riens en oubli.
Del bien meismes autresi.
Car a son poir l' empirra
Et del tout le noientera.
Car saches que mult mesauient
A homme, quant il li conuient
Son anemi de riens proier,
Durement li doit anuier.
Biax fiex, ne t' acompaigne mie
A homme de maluaise vie,
Méesmement a lechéour,
Car n' i auroies ja honour.
Se il te blasme, toi ne caut,
Ses blasmes un grant los te valt
Et ses los si t' est deshonour.

292 M. Aies bien proué a feil.
L. Aies bien proué à feiel.
303 M. truise: L. truisse.

Tels est li los au lechéour:
Qui il blasment, si est loés,
Et qui il loent, s' est blasmés.
Fiex, ne te faire pas trop lié,
Se fols te tient a amistié;
Car s' il t' a gaires aamé,
Che n' est pas fies ne herité.
Hui t' aint bien, demain te harra
Pour che que gaires ne valra.
Peres, dist li fiex, dites moi
En quel sens contenir me doi
Que je soie sages clamés
Et entre les sages nommés.
Fiex, volentiers, che dist li pere,
Ne soies mie trop genglere,
Car taire soi est un grans sens.
De si que de parler est temps,
Signe de folie est gengler,
Et de sens a raison parler.
Qui rien te volra demander
Garder que trop ne te haster
De respondre, mais tant atent
Que il ait dit tout son talent.
Apres li respon ton plaisir
Tout belement et par loisir.
Se tu os faire question
En plait ne en desputison,
Ne soies pas trop prinsautier
Del aler auant pour jugier,
De plus sage de toi i a,
Mais escoute que on dira.
Se bien ois, bien dois escouter.
Se non, si le dois amender,
Et si te reconuient gaitier
De cose pour voir affichier
Dont tu ne ses le verité,
Mil homme en ont esté gabé.
Se tu os verité conter,
Ne le dois mie destourber,
Anchois dois volentiers aidier
A le verité essauchier.
Se tu fais che de bon courage,
Tu en seras tenus pour sage.
Fiex, d' aprendre te dois pener,
Se tu honte vels escuser.

326 M. enamé; L. aamé.

Fols est qui d' aprendre est honteus;
Que mult sera plus vergoigneus,
f° 66 r°. Quant on de sens l' aparlera,
Et il respondre n' en sara.
Et maintenant sera honteus
Tout autresi comme li leus,
Quant il a fali a se proie,
Et il ne va pas droite voie.
Sciense doit estre honerée
Par tout le mont et celebrée.
Et chil sont sage qui aprendent,
Et qui a le science tendent:
Car par sens est on amontés
Et en toutes cours honerés.
Ne ja franquise ne sera.
Fors en chelui qui sens ara.

Conte III.

Des Versefieres (L.)

Nota uersificatoris de paupertate versus. (Kl.)

Uns versefïeres estoit
Qui mult tres bien versefioit:
Ses vers a un roi presenta.
Li rois qui conut et nota
Son sens et son afaitement,
Chelui rechut mult lïement.
Li autre versefiéour
Orent enuie del honour
Que li rois a chelui faisoit
Qui de bas parenté estoit.
Seignor, dist li rois, tort aves;
Chelui que me cuidies blasmer,
Sachies de voir, vous le loes.
Li clers les ot oï (L) parler,
Seignor, fait il, estrange cose
Vous sambleroit, se une rose
Bele, clere, souef flairant,
Naissoit d' une rouisse puant,
En grant chierté seroit tenue
Et volentiers seroit véue.
Li rois qui boine gent amoit,
Le tenoit chier et honeroit,
Et quant il de lui prist congié
Richement l' en a enuoié.

14 M. ot à lui.

De uersificatore. (Kl.)

Uns autres revint en apres
Qui au roy presenta ses vers;
De gentil lignie estoit nés,
Mais n'ert (L.) pas de sens bien fondés.
Quant li rois ot ses vers véus,
Mult les trova maigres et nus,
Et lui et ses vers poi prisa,
Et nule rien ne li dona.
Quant chil vit che, mult fu dolens.
Sire, dist il pour mes parens
Que j'ai, me deues honerer
Et aucune cose doner;
Se vous mes vers tant ne prisies
Que nule rien ne me doignies,
Pour mon lignage me dones,
Que je sui de boine gent nés.
Li rois respont: che est damage
Que tu es de gentil lignage,
La semenche forligne en toi,
Va te voie, fui deuant moi!
Si tu es nés de bone gent,
Tant dois tu estre plus dolent
Que li pire es de ton lignage:
Ia a nul jour de mon aage
N'aras, del mien vaillant, un trous.
Et chil s'en va mas et hontous.

De uertificatore indisciplinato. (Kl.)

Quant il fu de le sale issus,
Es vous le tiers qui est venus:
De vilains estoit nés sés pere,
Mais gentiex femme fu se mere.
Quant li rois ot son brief léu,
Amis, dist il, quels fiex es tu?
Se mere un frere clerc avoit
Qui fu bons clers et mult savoit.
Quant chil dut son pere nommer,
Si commencha a aconter
Que ses oncles fu clers nobile:
Et li rois commencha a rire.
Li autre qui aue[c] li erent,
Dont il rioit li demanderent.
Che dist li rois, jel vous dirai.

De mulo et uulpecula. (Kl.)

Une fable jadis trouai
Come je l'oi orendreit chi:
Il avint ja que d'un peril
Fu estors regnars li goupil,
Et quant il en fu escapes,
Il s'en fuï par mi uns pres.
Un mulet vit maintenant né
Qui paissoit en mi lieu del pré.
f° 66 v°. Amis, dist il, quels fiex es tu?
Et li muls li a respondu:
Sire, je sui dieu creature.
Tu aies le boine auenture,
Che dist regnars, sor toute rien.
Que tu respons et bel et bien:
Mais seul itant, me di, biau frere.
Se tu as ne pere ne mere?
Sire, fait il, le vous dirai,
Se vous plaist, quels parens jou ai.
Mes oncles est uns bons cheuaus
De bon haras et mult isniaus.
Onques regnars ne pot tant faire
Que de chelui péust el traire.
Tout autresi va de chest conte.
Car si com li muls avoit honte
De conoistre le verité,
Que asnes l'éust engenré,
Pour che que beste est perecheuse,
Sor toutes autres est hideuse
Tout autresi est chis hontous
De nommer son pere oiant tous.
Pour che que par se maluaistié
N'en est conéus ne prisié.
Or ait del nostre l'iement,
Car il ne forsligne noient;
Maluais est, mais il n'en puet mais
Que ses lignages est maluais.
Peres, dist li fiex, merueil moi
De pluisours coses que je voi,
Et de cheste meïsmement
Que je truis qu'anchianement
Soloit on prisier et amer,
Et tenir cher et honerer

28 M. n'iert.
65 M. je vous dirai.
68 M. d'um. — 89 M. Causi.
94 M. honteus; L. hontos cf. v. 50.

Le bon clerc et le bone gent
Qui vivoient honestement;
Or ne voi mais home prisier,
S' il n'est lechierre ou losengier.
Biaus fiex, ne te merueille mie,
Car avivée est lecherie
Tant granment que tuit li pluisour
Par le monde sont lechéour,
Et tu ses bien qu' entr' aprochier,
Se veulent les gens un mestier.
Cascun prise et aime et se trait
Vers chelui qui son mestier fait.
Fiex, il est verité prouvée
Que lecherie est mout montée;
I' ai véu clers de grant valour
Qui devenoient lechéour
Pour che que nule rien n' avoient.
Et a si grant honour venoient
Maintenant par lor lecherie
Qu' il maudissoient le clergie
Ou il s' estoient tant tenu.
Fiex, che meïsme ai je véu,
Mais che vient de le maluaistié
Del siecle qui est empirié.

De duplici reatu mentiendi. *(Kl.)*

Menchoigne est plus douche que miel
A qui l' aüse, mais nul fiel
N' est si amers com el sera
Au chief del tout qui l' usera.
Biax fiex nel aüser tu mie,
Car pechies est et vilenie:
N' aies pas honte de véer
Cose que tu ne pues doner,
Car mult est graignour courtoisie
De dire, je n' en ferai mie,
Que metre terme et trespasser,
Riens ne te puet plus auiller.
Fiex, d' autre cose te casti,
Que se tu vois que deserui
Ait aucuns par se felonie
Qu' il soit detrais, ne mentir mie,
Che gardes tu pour lui garir,
Tost t' en porroit grant mals venir;
Car griément mainte fois se sent
Chil qui homme pendu despent:
Delivrement se puet blechier
Se sor soi le lait trebuschier.

Conte IV.

(B. = Bartsch.)

De l' Homme et du Serpent. (L.)

(déjà publié par Bartsch.)

Cf. Boner, Edelstein, Nr. 71. (Von einem slangen, was gebunden.)

Uns hons par un bos trespassoit.
Et el chemin que il erroit
Troua un serpent mult blechié
Que pastour auoient lié;
De broches cleufichiés estoit.
Si que mouoir ne se pooit.
f. 67 r°. Li bons hom, quant il l' esgarda
Pité en ot, sel deslïa.
Pour escaufer par bone foi
Le mist sous ses dras pres de soi.
Puis que li serpens escaufa,
De se nature li membra;
Tout enuiron a chelui chaint,
Griement a blechié et destraint.
Auoi! dist li hom, tu as tort,
Ie t' ai garanti de le mort
Et tu me vels geter de vie.
Che fu, dist li serpens, folie
Que de moi presis nule cure.
Que faire m' estuet me nature.
Mult fais, dist li hons a reprendre
Qui pour grant bien me vels mal rendre.
Souent, dist li serpens, auient
Que de bien faire grans mals vient.
Ia n' as tu oï, de bien fait
A on, tele eure, le col frait?
Com il vont ensi estriuant,
Es vous par le chemin errant
Mon seignour Renart le goupil.
Li hom qui estoit en peril,

133 M. Qui l' a usée. — 137. M. Que: L. Quer. — 140 M. grande; L. graignor.

8 M. il esgarda. — 9 M. ses.
16. M. dist il hom; L. dist li hom.
17 M. garandi. — 23 M. mals.
28 B. font.

Quant il le vit, si l'apela
Et chele cose li moustra
Et pour dieu li prie humblement
Que il en fache jugement.
Che dist Renars: Te ne puis mie
Iugement faire sans aïe,
Enchois m'estuet veïr comment
La cose estoit premierement.
Sire serpens, l'omme laies
Et si resoies ja lïés.
Si verrai comment vous estoit.
Puis jugerai selonc le droit.
Ie l'otroi, che dist li serpens,
Car je sai bien que jugemens
Ne me nuira en nule plache
Que je ma nature ne fache.
Li hom de rechief le lïa
Tout aussi com il le troua,
Et quant ch'ot fait, si s'eslonga
Et puis apres li escria:
Sire serpens, or vous leves
Et deslies, se vous poes!
Et dist Renars: soies en pais,
Car de lui deslier jamais
Ne prendras tu par mon los cure.
N'auoies tu lut l'escripture?
Qui miex ama autrui que soi,
A un molin morut de soi.
Che dist li fiex; or ai apris
Dont me souuenra mais tous dis.
Fiex, encor te casti je bien:
Se tu es entrepris de rien
Qui griement te puisse grever
Et tu t'en puisses deliurer
Legierement, ne te caut mie
D'atendre plus legiere aïe;
Car par auenture en l'atente
Aroies tost greignour entente.

32 B. vi. — 34 M. hublemeut. — 38 M. veïr; L. veier; B. vëoir. — 39. B. primierement. — 50 M. si l'eslonga; L. si s'esloigna. — 53 M. desloies. 56 M. par moi los. — 64 B. Que; M. Qui.

Conte V.

D'un Versefieres et d'un Boçu. (L.)

Fabula de gyposo. (Kl.)

Cf. Boner, Edelstein, Nr. 76 (Von einem hoger und einem zolner.)

Le Grand: Du Poète et Du Bossu.

Caxton: Of a Rethorycian and of a crowk backed.

Steinhöwel: Von einem zoller und dem hofroten.

Uns miens maistres me recontoit
D'un clerc qui bien versefioit.
Qui ses vers a un roi bailla.
Li rois qui connut et nota (cf. C III, v. 4.)
Son afaitement, se li dist
Que séurement li quesist
Del sien che qu'avoir en volroit,
Et il mult volentiers l'aroit;
Qu'il le savoit bien tant a sage
Que ne li querroit nul outrage.
Sire, dist il, je vous requier
Que je soie un seul mois portier
D'une chité que vous aves,
Et en apres me consentes
Que cascuns qui i enterra
Qui bochus ou tigneus sera,
Et lais et rougneus et crevé,
Se il se met en la chité
Un denier me doinst seulement.
Iel gré, dist li rois, boinement;
Par son séel li confrema.
Li clers a le cité ala,
Dejouste le porte se sist,
Et tot le mois son mestier fist.
Estes vous un jour un bochu
Qui s'est en le porte embatu,
f° 67 v. D'une boine cape afublés.
Si tost com il fu ens entrés,
Demanda li clers son denier,
Et chil ne li volt pas paier.
Li clers le prist, si li leva
Le chaperon et avisa
Que il n'avoit que un seul oil;
Or ai, fait il che que je voil,
Li deniers n'ira hui mais seus,

9 M. sentoit; L. savoit.

Dous amis, or m'en dones deus;
Por un péussies escaper,
Or vous en covient deus doner,
Car cascun mehaig, che sachois,
Que vous aues, acuiterois.
Chil ne le volt pas otroier
Li clers le prist, sel volt loier
Chil volt fuïr, mais n'ot par ou
Li clers le tint au caperon,
Et tant li escoust et tira
Que tout le chief li esnua.
Quant le teste fu descouerte,
Si fu le tigne toute aperte.
Quant li clers le tigne auisa,
Le tiers denier li demanda.
Quant chil vit qu'aïde n'aroit,
Ne que fuir ne s'en porroit,
Par forche s'en cuida partir,
Et pour le clerc qu'il volt ferir,
Ses bras desous se cape osta.
Et quant li clers les esgarda,
Amis, fait[il], or del combatre
Pour les deniers, or sont il quatre:
Tes bras voi de rogne pourpris,
Pour quoi li quars deniers est pris.
Chil se deffent, mais ne valt rien,
Li clers fu fors, si le tint bien.
Le cape del col li osta,
Et chil vers terre se clina.
Ne se pot tenir, si caï
Et li clers garda, si coisi
Qu'il estoit malmis et greués,
Puis a .v. deniers demandés.
Ni ot rien del escauchierrer,
Tous .v.[or] li estut doner.
Mult se puet tenir pour dolent
Qui péust si legierement
Escaper pour un seul denier,
Et puis l'en covint .v. paier.
Fiex, garde toi de te folie,
Que sages fait qui se castie,
Et pour autrui mal esgarder,
Se puet on bien del sien garder.

57 L. dist-il; M. fait.
70 L. Tos cinc li covint à doner.
72 M. Qu'il péust.

Biax fiex, o gent de boine vie
Voil que tu tiegnes compaignie:
Mais par devant cels ne passer
Cui vie tu orras blasmer,
Car par le trespasser a on,
Tele eure est, aucune acoison.
Que on ne puet pas trespasser
Que ne si coviegne arester.
Et qui s'i areste et demeure,
Merueille est, s'au partir n'en pleure.

Conte VI.

De deus Clers. (L.)

De duobus clericis. (Kl.)

Uns miens maistres soloit conter
Que dui clerc pour els deporter,
Un vespre de le vile issirent
Et deuant els un ostel virent
Ou tout estoient aüné
Li lechéour de le chité.
Ilucc beuoient et mengoient,
Et a le minete juoient.
Che dist li uns ne passons mie
Par deuant cheste compaignie.
Car ne sont mie bone gent,
Et li sages hons le deffent;
Car trespasser ne doit on mie
Deuant gent de maluaise vie.
Dist li autres, ja n'empirrons
Del passer, se pis n'i faisons.
Outre poons nous bien passer,
Mais il n'i fait nul arester.
Quant furent pres de le maison,
Si oïrent une cauchon
Que .|. des lechéours cantoit,
Bon ton i ot et mult lor plot.
Li uns pour oïr s'aresta,
Li autres outre s'en passa,
Et apela son compaignon;
Mais tant li plaisoit le canchon
68 rº. Que nule rien ne l'en seurast
Tant comme le canchon durast.
Pour miex oïr est ens entrés,
Et il fu si bel apelés

13 M. Que; L. Quer. — 22 M. li plot.

De toutes pars qu'il s'arestut,
Et auec els s'assist et but.
Il n'i a pas longues esté,
Quant li preuos de le chité
I vint mult efferéement,
Et amena o lui grant gent.
Un de ches lechéors queroit
De cui aperchéus estoit.
Et se li fu bien endité
Que il espioit le chité:
Par nuit le voloit alumer
Pour auoir aise de reuber.
Quant il en le maison entrerent,
Auec les autres gens trouerent,
Getent les mains, si l'ont saisi
Et il lor a tout regehi
Et conéu le vérité
Que ardoir voloit le cité.
Dist li preuos, de chi torna
Et cha reuint et aresta,
Et tout chist sont si compaignon.
Pour che est il drois et raison,
Que tuit soient o lui mené,
Pendre. N'i ait plus demouré[e]!
Chil fisent son commandement.
Loiés les ont estroitement:
Les puins loiés, les ex bendés
Les en ont as fourques menés.
Li clers qui auecques estoit,
Qui nule rien meffait n'auoit,
Oiant tout le pule crioit,
Quant on a pendre le menoit,
Que a bon droit le comperroit.
Qui o male gent s'arestoit,
Et a bon droit perdoit la vie,
Quant a els pregnoit compaignie.
  Biax fiex, chil n'auoit riens forfait,
Nequedent a mort l'a on trait
Pour le maluaise compaignie
Ou il se joinst par se folie.
Volentiers se doit on garder
De tel compaignie acoster.
  Si te redi pour voir, bias fis,
Que deliurement est honis
Qui prent o femme compaignie
Qui plaine est de male boisdie.
Si sont eles bien presque toutes,
Honis es, se tu ne les doutes,
Proie dieu que il de lor art
Et de lor mal engien te gart:
Car d'eles ne te pues contendre,
Se diex ne t'en aide a deffendre.
Chiers peres, mult ai grant talent
D'oïr de lor contenement,
De lors euures et de lors tours,
De lors engiens, de lors amours
Orroie volentiers parler
Pour moi sauoir d'eles garder:
Aucun fablel, aucune rien
M'en dites, si feres [mult] bien.
Fiex, pluisieurs coses te contaisse
De lors engiens, se je osasse:
Mais je voi bien que tu vels metre
Tout che que je di en le letre.
Si orra tels par auenture,
Mes paroles en escripture
Qui tout a mal atournera
Tout quanque escrit i sera
Pour homme estruire et doctriner,
Et pour lui miex sauoir garder.
Si ara tels qui les orra,
Les engiens contrefais ara
Qui maluais essample i prendra
Et autretel essaiera.
  Pere, de che n'aies paour,
Iadis en ont traitié pluisour
Qui onques n'en furent blasmé,
Mais plus prisié et plus amé
Néis Salemons en escrit
En un prouerbe que il fist.
Dites moi, se rien en saues
Ia de che n'en seres blasmés.
Biaus fiex, quant autre ne puet estre
Un poi te dirai de lor estre,
f° 68 v°. Comme dechoiuent lor maris
Et par lor fais et par lor dis.

90 L. si fereis mout bien. — 103 M. Que maluais.

Conte VII.

De la male Fame. (L.)

De mulierum fraude. (Kl.)

Le Grand: De La Mauvaise Femme.

Steinhöwel: Von ainem listigen wyb ains wyngarters.

Uns prodons fu qui auoit prise
Femme de mal engien aprise.
Li prodons une vigne auoit
Ou mult grant entente metoit:
Mult l'aloit souent regarder.
Et prouignier et atorner.
Quant il i fu alés un jour,
·Ele manda son lechéour:
Chil vint, quant ele l'ot mandé
Et fist de li se volenté.
Li prodous qui as chans estoit.
Qui de tout che mot ne sauoit,
S'en acourut grant aléure.
Car blechié l'ot par auenture
Uns rains en l'oil, que le véue
Ot de chel oil toute perdue.
Quant vint a l'ostel, si troua
Les huis fremés, si apela
Com hons qui en auoit mestier.
Chil ne se sorent conseillier,
Car li vasals ne put fuïr.
Ne il ne sauoit ou tapir.
Chele n'osa plus demourer,
L'uis est alée deffermer:
Li lechierres remest el lit.
Ou il auoit fait son delit.
Au plus, que il peut, se tapi.
Et des dras del lit se couri.
Quant li maris fu ens entrés.
Dame, fait il, l'uis recloes,
Et mon lit tost m'apareillies
Car je sui auques deshaitiés.
Sire, fait el, pour dieu merchi,
Pour quoi vous hastes vous issi?
Mais dites moi premierement
Ou che vous auint et comment?
Dame, fait il, jel vous dirai.
Hui main quant en me vigne entrai
Un rains me feri en mon oil,
Mult sui blechiés et mult me doil;
N'en puis veïr nule clarté,
Si bien cuit que je l'aie creué.
Lasse, fait ele, que ferai?
Biau sire, un mult biau carne sai
Dont je vous carnerai le sain;
Vous poes estre tout chertain
Que ja li mals ne s'i ferra,
Puis que il carnés estera:
Car de l'un en l'autre se prent,
Qui par carne ne le deffent.
Chil cuide bien que voir li die
Qui ne sot pas tant de boisdie.
A terre en son deuant se couche,
Et puis li clot l'ueil et le bouche,
Se fist samblant que li carnast,
Pour che que chil tost s'en alast
Dont ele estoit mult entreprise.
Li tenoit clos par grant franquise,
Tant li fu clos et tant carnés
Que chil del lit s'en est alés.
Quant el seut qu'il fu eslongiés.
Sire, fait ele, or vous drechies.
Et si en soies tout chertain
De chel oil que vous aues sain.
Ne ja ne sera adesés
Del mal qui en l'autre est entrés;
Et se vous plaist a reposer,
Or poes bien el lit aler.
Che dist li fiex, ichele espeuse
Estoit voirement engigneuse:
Par grant engien fu deliurée
De che dont estoit encombrée.
A grant pourfit li tourneroit
Qui tes flabiaus auques saroit.
Pere, se diex vous benéie,
Ne vous atargies encor mie:
Dites moi plus, vostre merchi,
Car onques mais rien n'en oï
Qui plus me pléust a oïr.
Biax fiex, il doiuent bien plaisir,
Car grant bien i puet on entendre,
Qui de bon cuer i velt entendre.

14 M. Quo: L. Quer.

Conte VIII.

D'une autre male Dame. (L.)

Item de fraude mulieris. (Kl.)

Steinhöwel: Von dem alten wyb mit dem lynlach.

Or oies une autre cointise.
Uns prodons auoit femme prise;
Se sogre auecques els manoit
En cui se fioit et creoit.
f° 69 r°. Un jour pour garder li bailla
Et en un sien besoing ala.
La meschine qui fu jolie,
Quant o sa mere fu soltiue,
Mere, dist ele, entendes cha,
Pour quoi vit qui nul bien n'en a?
Mult maine chil maluaise vie
Qui nule fois ne s'asasie.
De rien dont il ait desirier,
Mult li puet se vie anuier.
Pour coi dis tu? Mere, pour moi.
Aimes hu donc? Oie, par foi.
Et a tes amis de toi cure?
Oïl, il m'aime sans mesure.
Comment le ses tu? Bien le sai.
Et tu comment? Esproué l'ai
Qu'il n'est riens de moi plus li plaise.
Mande le, je te ferai aise.
Dont fu li lechierres mandés,
Et li conuiues atornés.
Quant au mengier furent assis,
Es les vous malement souspris.
Car li maris est repairiés
Un poi malades, deshaitiés.
A l'uis vint, si roua ourir.
Li lechierres s'en volt fuir,
Mais n'ot par ou. Cheles l'ont pris,
Puis l'ont en une chambre mis
Ou li lis au seignour estoit,
Que aillours estre ne pooit.
Quant tot ont muchié et couert,
Si ont au seignour l'uis ouert.
Dame, fait il, a sa moillier,
Ales mon lit apareillier,
Malades sui, forment me dueil,
En mon lit reposer me veil.
Le meschine fu effréée,
Puis a se mere regardée;
Paour ot, s'en le chambre entrast,
Que le lechéour n'i trouast.
Quant le mere le vit douter,
Fille, dist el, ne te haster;
Premierement li mousterrons
Nostre linchuel que fait auons.
Dont ont le linchuel trait auant.
Se li ont estendu deuant;
Le vielle l'un des chies leua,
Et l'autre se fille bailla,
Signe li fist qu'ele leuast,
Et deuant son mari s'estast.
Chele le fist tout a son veul
Tant que par l'ombre du lincheul
Qui fu leués et estendus
S'en est li lechierres issus.
Quant sorent que eslongiés fu,
Si ont lor linchuel destendu.
Fille, dist le vielle, or ales,
Le lit vostre seignour coures
De chest linchuel quant fais sera,
Plus souëf s'i reposera,
Pour che qu'il est blans et delgiés;
Ales tost, si l'apareillies.
Chele va le lit aprester,
Et chil s'i ala reposer.
Par lor sens et par lor boisdie
Le dechurent en tel baillie.
Che dist li fiex, merueilles oi.
Et sachies que mult m'en esjoi:
Pour dieu, dites encor auant,
Ne vous arestes pas a tant;
Car tant com je plus en orrai,
Et gregnour pourfit i prendrai.
Biax fiex, le tiers flablel orras,
Et a itant me soufferras.

9. M. entendas. — 12 M. sa sasie.

78 M. m'en soufferras.

Conte IX.

D'une autre male Fame. (L.)

Item de fraude mulieris. (Kl.)

Caxton: Of the husbond and of the moder & of hys wyf.

Steinhöwel: Von ainem kouffman, synem wyb, buolen und swiger.

D'un prodomme oï ja conter
Qui bailla se femme a garder
A se dame tout autresi
Come fist chil dont as oï.
Le mesquine un autre aama,
Et a se mere l'endita;
Pour dieu li pria humblement
Que pourcachast hastieuement
Que chil péust a lui venir,
Se non — dont l'estoura morir.
Mere que mere en quel maniere
Ne féist ele sa proiere,
Qui fust che qui bien en desist,
Se mere a se fille falist?
fº 69 vº. Le lechéour a apelé.
Et li capon furent tué
Et grant aparcil i ot fait:
Mais apres i ot grant deshait
Que tels soruint as napes traire
Dont il n'i eüssent que faire,
Che fu li maris qui reuint.
A l'uis bouta, mais il se tint,
Car chil l'auoient bien fremé
Qui dedens erent enserré.
N'i a chelui qui n'ait paour
Quant il oïrent le seignour,
Car n'i ot cambre ne solier
Ou il le péussent muchier.
Mere, fait ele, que feron?
En quel guise nous contenron?
Chil ne puet muchier ne fuïr,
Et l'uis nous convient il ourir.
Le mesquine est a l'uis alée,
Et le vielle prist une espée,
Del fuerre l'a mult tost sachié.
Puis l'a au pautonier baillié,
Toute nue el puing li a mise,
Puis s'est a une part assise,
Mais auant li dist: Chi esta,
Et qui de rien t'apelera,
Garde que mot ne li soner!
Ie parlerai qui sai parler.
Quant li maris dedens entra,
Arestut soi, si esgarda
Chelui qui s'espée tenoit.
Merueilla soi que che estoit,
Cuida qu'ocirre le volsist,
Traist soi arriere, puis li dist:
Biax amis, che que senefie?
Arai je garde de ma vie?
Quels hons estes, pour quel mellée
Aues vous traite vostre espée?
Vous a me femme riens meffait,
Ne ma sogre? Che comment vait?
Onques chil mot ne respondi,
Et le vielle saut, si saisi
Son gendre, puis, l'a trait a soi,
Souëf li dist: biax fiex, tais-toi
Que ne t'oient si anemi;
Ie te dirai comment vint chi.
Moi et te femme mengion
Et auiens cuit un capon
Qui se moroit de le pepie,
Autrement n'en cuisissions mie,
De che pues tu estre tous chers,
Nostre huis ert remes tous ouuers,
Quant chil hom chaiens s'embati,
S'espée traite tout issi
Com tu le vois ichi ester.
Et puis veïsmes trespasser
Trois hommes par mi chele rue,
Cascuns tenoit s'espée nue,
Grant oirre apres chestui venoient
Pour che c'ochirre le voloient.
Mais diex [le] volt par se pitié,
Que tout furent si desuoié,
Que il nel sorent plus ou querre
Come se il fust muchiés en terre.
Quant je vi che, si leuai sus,
Par boine entente fremai l'uis,
Pour che que chaiens ne gardaissent
Par auenture, et nel trouaissent.
Et quant il t'oï a chel huis,

7 M. hublement. 55 M. ne.

Effrées fu, si leua sus
S' espée traist tous esbahis,
Car bien cuidoit estre assalis.
Dame, che respont li maris,
A dieu en rent gres et merchis
Qui chaiens l' a de mort gardé.
Et a vous en sai je bon gré,
Car bien et aumosne fesistes,
Quant vous chaiens le recoillistes.
Biax sire, or soies tout empais,
Car mal n' i ares vous hui mais
Nul, se diex plaist, que nous puissons,
Venes sëoir, si mengerons
Che que je voi apareillié.
Tant li a dit et tant proié,
Que jouste se femme l' assist.
Et auec lui mengier le fist.
Ensamble mengierent et burent,
Et toute jour ensamble furent.
f° 70 r°. Quant le nuis vint, si s' en ala
Et li maris le conuoia
Qui bien embriconés estoit,
Car de rien ne se percheuoit.
Diex, dist li fiex, et il comment,
Qui cuidast que si soutisment
Péust hom ne femme trouer
Si grant engien, ne pourpenser?
Qui trestout l' or m' aporteroit
Qui est en Arabe orendroit
Ses volroie jou oublier,
Se nes cuidoie recourer,
Ches .|||. flabiaus que dit m' aues.
Mais pour dieu, pere, or vous hastes,
Et si recommenchies le quart,
Car par dieu, biax pere, il m' est tart
Que li quars soit recommenchiés,
Car n' en puis estre assasiés.
Dist li peres, tu es desués,
Ie t' en ai ore .|||. comptés,
Et encor es si angoissous;
Ie dout qu' il n' auiegne entre nous
Com entre un roy qui Franche tint
Et un sien fabléour auint.
Pere, car me dites comment,
Si m' iert grant assouagement.
De bonne volenté l' orrai
Et mult bon gré vous en sarai.
Et jel te conterai asses.

89 M. Qui chaiens l' a de mort de gardé. — 118 M. mult m' est . . .

Conte X.

Du Fabléor. (L.)

De fabulatore cuiusdam regis. (Kl.)

Le Grand: Du Fablier. (Se trouve dans Dom Quichotte.)

Caxton: Of the discyple. and of the sheep.

Steinhöwel: Von den fabeln und den schauffen.

Li rois estoit acoustumés
De son fabléour escouter
Cascune nuit apres souper.
Ia nule nuit ne s'en fausist
Que .v. fables ne li desist
Tant que il l' auoit endormi.
Or auint une nuit issi
Que li rois fu auques pensis.
Car guerre auoit en son païs.
Tant pensoit com le fineroit
Que endormir ne se pooit.
Si flablerres qui li contot,
Ses .v. fables finées ot.
Au roi dist que dormir iroit,
Et li rois dist que non feroit.
Une en voloit encore oïr.
Et puis porroit aler dormir.
Chil dist que pas ne li dira,
Car il ne puet, tel soumeil a.
Par foi, dist li rois, si feras,
Une longue m' en conteras,
Car ichestes que tu m' as dites,
Ont esté d' asses trop petites.
Et chil respont, faire l' estuet,
Si l' otroie que mais n' en puet.
Uns païsans jadis estoit
Qui mil sols aüné auoit;
Pourpensa soi que ses deniers
Metroit en tel lieu volentiers
Ou aucune rien gaaignast
Et ses deniers multepliast.
Un jour a une feste ala
Et ses deniers o lui porta.

12 M. le contoit.

Pluisours coses i bargaigna,
Mais onques nule n'i troua
Ou péust si bien marchéer,
Comme en berbis acater.
Tous i emploia ses deniers,
Pour mil sols en eut .ıı. milliers;
Tant i afiert, che m'est auis,
A sisain denier le berbis.
Asses en ot chil bon marchié.
Sire, quant tout ot esligié,
Si a, que il, que ses aiés,
Toutes ses berbis acoilliés.
A une iaue vint desriuée
Qui mult estoit parfonde et lée:
Ne pont, ne gué, n'i peut trouer
Ou ses berbis péust passer;
Ne nef, ne batel, n'i auoit
Fors un seul ou il ne pooit
Que .ıı. berbis a male paine,
Et une vielle qui le maine.
Li prodons fu tous esbahis.
Que mult i auoit de berbis.
Bien sot, mult i sejourneroit,
Se ensi passer li conuenoit,
Se tant li conuient demorer
Que toutes les ait fait passer.
f° 70 v°. Par .ıı. et .ıı. tant seulement.
Et il nel puet faire autrement.
La vielle a soi a apelée,
Et quant le nef ot aprestée,
.ıı. brebis par dedens bouta,
Et le vielle outre les passa.
Apres reuint por de[u]s brebis
A itant est chil endormis
Qui chele fable li contot,
Se teste mist jus, si se tot.
Li rois commenche a haster
Et de che forment a blasmer
Que le fable ne fenissoit
Que commenchïé li auoit.
Sire, fait il, grant tort aues,
Mult i a brebis, che saues,
Et l'iaue est grans, et le nacele
N'est mie largue, ne isnele.
Bien poes un somme dormir,
Ou .ıı., ou .ııı., tout a loisir,
Ains que toutes les ait passées
Le vielle, ne toutes menées,
Dont a primes que che sera
Que toutes outre les ara,
Et li vilains sera passés,
Se je ne di, dont me blasmes?
Mais entretant ne sai que díre.
Et li rois commencha a rire;
Par foi, fait il, grant tort aroie,
Se entretant vous semonnoie.
Courtoisement m'as apaié,
Bien as deserui le congié.
Or va a dieu, si te repose
Qu'outre ne seront a grant pose.
Ensi apaia chil le roy.
Fiex, ensement te di de moy,
Que se tu m'encauches gramment,
Si ensaierai ensement
Deliurer moi comme chil fist,
Et te dirai si com il dist.
Pere, che dist li fiex, merchi,
N'est pas entre nous .ıı. issi;
Car chil qui les fables disoit,
De nule rien ne li estoit
Fors tant que au roy péust plaire:
Ne li rois n'en auoit que faire.
Fors tant qu'en che se delitoit.
Et chil pour el ne li contoit.
Mais vous me deues castier
Et doctriner et enseignier,
Ne je pour el nel vous demant,
Ne ne vous vais si enquerant;
Mais pour moy miex sauoir garder
Voil oïr de femmes parler.
Si vous pri que vous me contes
Quanque de lor engien saues.

66 L. dous brebis.

111 M. vois.

Conte XI.

De la male Vielle qui conchie la preude Fame. (L.)
De conjuge casta et formosa. (Kl.)
Le Grand: De la Vieille qui séduisit la Ieune Femme.
Caxton: Of an old harlotte or bawde.

Steinhöwel: Von dem alten wyb und dem wainenden hündlin.

Fiex uns prodons jadis estoit
Qui une bonne femme auoit;
De grant biauté estoit garnie
Et mult menoit honeste vie;
Car bien et de loiel amour
Seruoit et amoit son seignour.
Nus ne le péust a che traire
Que autre amours li péust plaire.
A son seignour vint en corage
Qu' il iroit en pelerinage
A mon seignour Sains Pierre a Rome.
Ainc ne le volt laissier a homme
N' a fame a garder sa moillier,
Car ele n' en auoit mestier,
Che li fu vis, tant se créoit
En le bonté que ele auoit.
Quant il mut, el le conuoia
Et au departir mult plora:
Et li sires le conforta
Et li dist et amonesta
Que bien se tenist fermement
Dont ele auoit commenchement.
La dame reuint en maison
Qui n' auoit pensé se bien non;
Contint soi come ele soloit,
Mult miex encore, sel pooit.
Un jour issi de se maison,
Mais nel fist pas sans acoison,
Car chies une soie voisine
Mult humblement, a teste encline,
Ala ou ele auoit a faire.
Et quant ele estoit el repaire,
f° 71 r°. Uns damoisiax de la contrée
L' a par auenture encontrée.
Mult le vit humblement venir
Et honestement contenir;
Car le mendre de ses bontés
Est a li conuoitier asses.
Chil le salua bonement,
Et ele lui tout ensement.
La dame a son ostel ala,
Et chil s' estut, si l' esgarda;
Et quant plus ne le pot vëoir
En un lieu se va assëoir
Ou nus nel péust esgarder.
Et puis commenche a recorder
Le grant biauté que ele auoit
Qui l' alumoit et esprenoit,
Et puis son bel contenement,
Et tout son bel afaitement,
Et tant com il plus i pensoit,
Plus esprenoit et alumoit.
Hé! diex, fait il, que doi je faire,
Se je ne le puis a che traire
Que soie siens et ele moie?
Dont mar alai hui cheste voie;
Mar le vi, et je n' en dout mie,
Car mult tenra a grant folie,
Se je le requier d' amistié,
Qu' el n'a talent de tel marqié.
Mar fu se biautés et ses sens,
Se del tout pert ensi son temps.
Femme, si bele, ne valt rien,
Quant el ne velt auoir nul bien.
Di je or bien? par foi nenal,
Enchois di folie et grant mal;
Car el fait che qu' ele doit faire,
Si nel doi pas en mal retraire,
Et je mortelment pecheroie
Se de son bien le retraioie.
Par foi, ja ne le penserai.
Comment iert donc? Ia soufferrai,
Et se je ne le puis souffrir,
Si m' en estouera morir.
Morir! che seroit maluaistié
Et grant reproche et grant pechié;
Car chil est perdus qui s' ochist
De son gré, che nous dist l' escrit,
Et je de mon gré m' ochirroie,
Se en tel maniere moroie.
Car espoir, se ele sauoit
Com j'ai le cuer por lui destroit,
Ele aueroit merchi de moi
Et en prendroit aucun conroi.
Ia ne deuroit on enfoïr
Homme qui se laisse morir
Pour maluaistié de demander

35 M. a tonjours: hublement.

88 M. Mechine. qui. L. Mecine à qui l' en puet doner. Pour les vers 90 etc. v. Romania I. pag. 105.

Mechine a qui li velt doner.
S'a moi en éust conseil pris
Andrieus qui mourut à Paris
Par maluaistié, que il n'osoit
Regehir l'amour qu'il auoit,
Encor vesquist par auenture.
Ia le dame ne fust si dure
Que vers li ne se soupliast,
Anchois que morir le laissast:
S'il en cuidast estre detrais
As fourques, ou ars, ou deffais,
Ou morir de plus laide mort.
Se li fuist il mult grant confort,
Se viax, se le dame séust
Que de sa mort acoison fust;
Puis n'en déust nul blasme auoir
Que fait en éust son pooir.
Or n'en doit nus auoir pitié,
Car il fu mors par maluaistié.
Ensi ne voil je mie faire,
Quel chief que je en doie traire.
Orra ele aucui mon message
Par cui je sarai son courage;
Et se il n'i puet esploitier,
Ie meïsmes l'irai proier.
Li damoisiax ensi le fist.
Pluisours messages i tramist.
Et par pluisors fois l'ensaia,
Mais nule rien ne li monta.
La dame tous les refusoit.
Et estrangement l'en pesoit
Qui tel cose li requeroit
Dont [il] riens n'en esploiteroit.
fº 71 vº. Quant il vit che, mult s'esmaia.
Et il meïsmes i ala:
Mais ne biaus parlers, ne plorer,
Ne le pooit a che torner
Qu'ele le volsist escouter,
Ne ses paroles escouter.
Chil souentes fois se metoit
En le voie que il sauoit
Que le dame deuoit passer
Pour lui veïr et esgarder.
Deuant lui plouroit tenrement,
Et merchi prioit humblement:
Mais trauals ert, riens ne valoit
Car nule pitié m'en auoit.
Chil ne se sauoit conseillier.
Un jour venoit de lui proier,
Dolans, et pensis, et honteus,
Com chil qui mult fu angoisseus:
Ne conseil ne pooit trouer,
Commencha soi a dementer
A soi meïsme en tel baillie.
Diex, dist il, trop main male vie,
Tant par sui fols, et je pour quoi,
Qui aime che qui n'aime moi?
Ie n'en puis mais, si puis, comment?
Ie l'ai amé trop folement,
Se m'en déusse arriere traire.
Voirs est, se jel péusse faire:
Mais n'en puis oster mon courage.
Par foi, dont ne sui mie sage:
Car uns sages hons s'en tornast,
Ou se non, sagement l'amast
Sagement iche ne puet estre.
Car cascuns est d'amer ses mestre,
Li plus fols en est plus senés,
Qui sens i quiert, si est desués,
Et tost i puet auoir damage
Qui en amer velt estre sage.
Iche ne puis je pas noier
Que sens n'en ait par tout mestier,
Iluec ne set il, ne ne valt.
Qui sens, i quiert, mult tost i faut.
Ie voi que chil qui en est souspris
Volroit auoir son pere ochis
Mainte fois, et tout son lignage
Pour acomplir son fol courage:
Car lui ne caut que cascuns die,
Mais qu'il faiche au voloir s'amie.
Amors fait chels du tout foler
Qui sagement veulent ouurer.
Nus n'i doit esgarder mesure,
Mais laist aler en auenture
Et prengne sor soi hardement;
Ensi puet amer sagement.
De moi ne sai je que je die,
Car ne par sens, ne par folie

120 L. Dont il jà rien n'esplotereient.

163 M. qui n'est souspris: L. Ie vei celui qu'en est soupris.

N'aurai je rien que je conuoit.
Mult m'a mis chele en grant destroit
Qui de moi n'a nule merchi.
Mort m'ont mi oil et mal bailli
Qui a mon cuer moustrerent l'ente
Dont je n'atens nisune atente
Que ja li fruis m'en fache bien.
Sel conuoite sor toute rien.
Con chil se dementoit issi,
Deuant lui garde, si coisi
Une vielle qui escoutoit
Le grant duel que il demenoit.
Dras auoit del religïon,
Et s'apuioit a un baston.
Bien sambloit cose esperitable,
Et si estoit mes au dyable;
Car pour mal engien pourpenser
Ne trouast on el mont son per.
El vint au damoisel deuant,
Se li demanda maintenant
Que il auoit, que si ploroit,
Et qui ensi se dementoit.
Dame, fait il, je n'ai nul bien,
Et tout chest mal tien je pour mien,
Et par moi seul le soufferrai,
Iamais a homme nel dirai.
Amis, dist ele, ch'est folour
Bien doit chil gesir en langour
Qui ne velt a mire gehir
Le mal qui le fait trop languir;
Et quant il moustre s'enferté
Si en vient plus tost a santé.
fº 72 rº. Chil set bien que voir li diroit,
Pourpensa soi que il diroit
De le cose le verité.
De chief en chief li a conté
De la dame, com il l'amoit,
Et com ele le refusoit,
Si n'en pooit conseil auoir.
Dist le dame: Ne t'esmaioir,
A l'aïe dieu t'aiderai;
Or t'en va et j'en peuserai.
La vielle d'iluec s'en torna,
Tout droit a son hostel ala.
Une lissete qu'ele auoit
Lïa en repost bien estroit;
.III. jours le tint que ne menga.
Et au quart quant le deslïa,
Mengier li a fait a plenté
De pain en moustarde tempré.
Que que la lisse le mengoit,
L'iaue des ex li descendoit
Pour l'angoisse que ele auoit
De le sauour qui fors estoit.
Quant ele en eut asses mengié.
Et li oil furent bien moillié,
Le vielle d'iluec s'en torna,
Et le lissete o lui mena.
A le dame en ala tout droit
Pour cui li valles languissoit.
Quant le preudefemme le vit.
Et pour l'aage et pour l'abit
Qui de religïon sambloit,
L'onera che qu'ele pooit.
Le dame le lisse esgarda,
Estrangement se merueilla,
Que ele auoit, qui si plouroit
Que toute le terre en moilloit
Environ la ou ele estoit
De l'iaue qui en decouroit.
A le vielle a demandé,
Dame, dist ele, en verité,
Me dites, et par guerredon,
Se cheste lisse pleure ou non?
Que est che? velt ele plourer.
Ou li oil li seulent lermer
Par coustume toudis issi?
Chertes onques mais tel ne vi.
Fille, dist le vielle, merchi,
Ie ne sui pas venue chi
Pour ma grant dolour ramembrer.
Chertes ja n'en orrai parler
Que je ne soie mult dolente.
Diex te garisse te jouventé
Que ne t'en auiegne autresi
Comme chele que tu vois chi.
Quant chele a la parole oïe,
A la vielle grant merchi crie
Que li die, comment che vait.
La vielle un grant souspir a fait,
Apres li a dit: Bele fille
Or orras ja grant mirabile.
Cheste lisse que tu vois chi
Fu me fille, je le norri

Tant qu' ele fu femme formée.
N' auoit en toute le contrée
Nule dame ne damoisele
Qui plus fust auenans ne bele.
Trop fu bele et en grant tristour
En est mes cuers et nuit et jour.
Chiere dame, il auint ensi
Que uns damoisiax l' encoui.
Qui nes estoit de la contrée.
Et quant il l' ot bien enamée.
Sel proia et proier le fist,
Biax dons li porta et tramist.
Mais ne doners, ne bel proier
Ne le pooit amolier;
Car ne les dons ne detenoit,
Ne les paroles n' escoutoit,
Ne ja en plache n' arestast
Ou nus hons de che l' aparlast.
Car en proposement auoit
Que castement tous jours viuroit,
Ne ja a li n' atouqueroit
Nus hons, se ses espons n' estoit.
Li damoisiax n' en sot que faire
Qui n' en pooit sen cuer retraire,
Ne de li n' auoit nul comfort.
Malades se coucha a mort,
f° 72 v°. Et quant longuement ot langui,
Morir l' estut, onques merchi
Ne pitié ma fille n' en ot.
Et Diex s' en venga, quant lui plot.
Car de primes le fist contraite
Pour le cruaté qu' ele ot faite
Que chelui ot laissié morir
Dont ele le péust garir.
Car diex het mult itel pechié,
Quant on n' en a d' autrui pitié.
Et quant ele ot jut longuement,
Diex le mist en greignour torment,
Car lisse le fist deuenir
Pour le pechié espeneïr.
Or use se vie en dolour,
Car onques puis ne nuit ne jour
Ne furent essué si oil,
Ensi se venge diex d' orgueil.
Quant le dame a che entendu
Qui simple et sans mal engien fu,
A le vielle dist humblement:
Dame, merchi, car ensement
M' est auenu, car autresi
Est un damoisiax pres de chi
Qui pour moi muert mult debonaire,
Et je n' en sai, par dieu, que faire.
Car vescu ai dusques ichi
Sans tel folie. dieu merchi
Et se or m' estuet commenchier
Honte en arai et reprovier;
Mais miex me vient honte souffrir
Que kien ne lisse deuenir.
Pour dieu me dones tel conseil
Qui me soit loial et feel.
Che dist la vielle: Mult es fole
Ia de che ne sera parole
Tout son bon pues faire a celée
Que ja n' en esteras nommée,
Et miex venroit que toute gent
Le séussent apertement
Que tu fusses si atornée
Comme cheste maléurée.
Pour le pitié que je en ay
Chelui qui si t' aime querray,
Si le ferai a toi parler
Pour dieu et pour t' ame sauuer.
Mult porroies estre dolente
Se pour toi perdoit se jouente;
Che saches, tu le comperroies
Ou tempre, ou tart, ja n' i fauroies.
Che saches tu de verité,
Se me fille m' éust moustré,
Que li valles l' amast si fort
Qu' il n' en péust auoir confort,
Ia ne fust en lisse muée,
Car tele l' éusse atornée
Que de soi li fesist un prest,
Si fust or miex que il n' en est.
Or n' i a plus, mais je irai
Querre chestui, sel t' amenrai,
Et tu fais par tout son plaisir
Si comme ton corps vels garir.
Dame, dist el, vostre merchi,
Faire le m' estoura ensi.
Ia de vostre conseil n' istrai

Les vers 339 et 340 sont devenus illisibles dans M.

Faites et je vous atendrai.
Le vielle d'iluec s'en torna,
Le damoisel quist et troua.
A l'ostel l'emmena tout droit
Ou le dame est cui il amoit.
De celi li bailla saisine
Qui de son mal ert medecine.
Ainc mais, dist li fiex, tel n'oï.
Che sachies, peres, que je croi
Que che est par l'art au dyable.
Par foi, biax fiex. che n'est pas fable;
Dyable en est et maistre et sire
Qui che conuoite et le desire.
Par foi, biax pere, che m'est vis
Que qui seroit bien ententis
Et del tout i metroit sa cure,
Qu'il en porroit par aduenture
De lor engiens mult destourber
Et d'eles se porroit garder.
Biax fiex, che ne m'est pas auis.
Or oïes qu'en avint jadis.

Conte XII.

De chelui qui enferma sa Femme en une tour. (L.)
De juvene coniugem custodiente. (Kl.)

Le Grand: De celui qui enferma sa Femme dans une Tour ou De la Femme qui, ayant tort, parut auoir raison. (Par Pierre d'Anfol.) Chez Molière le «juvenis» est George Dandin.

D'un damoisel oï parler
Qui de che se soloit pener
f° 73 r°. Que lor engien péust sauoir,
Que nel péussent decheuoir.
De grant maniere se penoit,
Mult en enquist et mult en sot.
Et quant il dut femme espouser.
A un sage homme ala parler
Pour enquerre et pour demander
Comment il le porroit garder.
Li prodons le tint pour bricon.
Et ne pourquant une maison
Li roua faire ou il n'éust
Paroit qui de pierre ne fust,
Et en mortier bien séelée,
Et n'i éust fors une entrée.
Ne ja n'i éust que uns huis
Et une fenestre desus,
Et tant petite que issir
N'en péust on, ne ens venir.
Tele que seulement luisor
En péussent auoir le jour.
Dedens le maison le mesist,
Iamais nule fois n'en issist.
Asses li donast a mengier
Et a vestir et a cauchier.
Et sans forfait li refesist
Que orgus ne li embatist.
Quant chil oï l'enseignement.
Ne demoura pas longuement;
Le maison fist tout en la guise
Com li prodons li ot aprise;
Le femme mist ens en prison.
Quant fors issoit de le maison,
Dedens l'enserroit fermement.
Quant il entroit ens ensement.
Et la nuit quant il se couchoit,
Les cles desous son chief metoit.
Longues le tint en tel baillie
Que, se faire volsist folie,
Que n'en péust auoir laissour.
Mais il auint ensi un jour
Que il fu au marchié alés
Et fu bien l'uis sor lui fermés.
Le dame acoustumée estoit,
Si tost com il fors en issoit,
Que a la fenestre montoit
Et chels de defors esgardoit.
Un damoisel i vit passer,
Commencha lui a esgarder.
Sagement le vit contenir,
Et bel aler et bel venir,
Et biax li sambla durement,
Et plains de grant affaitement.
Estrangement le conuoita
Et en son courage amé l'a;
Mais ne sauoit engien trouer
Comment péust a lui parler.
Longuement s'i estudia.
En le parfin se pourpensa
Que son seignour enyuerroit,
Le nuit, com il se dormiroit,
Les cles belement embleroit

Desous son chief, puis s'iroit
Et parleroit a son ami
Qu'ele auoit tant encoui.
Ensi fist com ele pensa.
Son seignour le nuit enyura.
Et les cles prist, si s'en issi,
Quant l'ot fermement endormi.
Cascune nuit ensi faisoit,
Que ses maris mot n'en sauoit:
Car tous tans anchois reuenoit
Que chil s'esueillast qui dormoit.
Nequedent chil ot bien apris.
Qui mult s'en estoit entremis.
Que ja femme n'estra gardée
De che faire qui li agrée.
De la soie se merueilloit
Que cascune nuit se penoit
De lui abeurer a forfait.
Bien sot que ch'estoit pour atrait
De lui abeter et dechoiure.
Pour el ne le faisoit tant boiure.
Pourpensa soi que il saroit
Toute le cose, s'il pooit.
Une nuit fainst qu'iures estoit,
Et si but mains qu'il ne soloit;
Ne pourquant mult fist grant samblant
Que yures estoit maintenant.
f° 73 v°. Quant il se fu alés couchier.
Si commencha mult a fronquier
Pour lui dechoiure et esprouer.
El ne se volt plus oublier
Que se coustume ne fesist.
Les cles desous le chief le prist.
L'uis deffrema, si s'en issi
Et ala droit a son ami.
Et quant fu fors, chil leua sus.
Et apres li refrema l'uis:
A la fenestre s'apuia
De si que chele repaira.
Quant ele vint, si a troué
L'uis par dedens mult bien fremé.
Dolante fu et plaine d'ire,
Ne seut que faire ne que dire.
L'uis a bouté mult belement.
N'osa apeler autrement.
Et ses maris li demanda
Tous effrées, qui est ce la?
Qui est a tele heure a mon huis?
Sire, dist ele. il n'i a plus.
Mult malement sui entreprise.
Pour dieu et pour vostre franquise,
En aies cheste fois merchi.
Et je loialment vous afi
Que jamais nel me penserai.
Mais loialment vous seruirai
D'ore en auant toute ma vie.
Par foi, fait il. che n'i a mie.
Iamais o moi ne croupires,
La fors a l'air vous deduires
Tant que chi soient aüné
Tout chil de vostre parenté.
Si lor mousterrai en quel sens
Vous m'aues si serui lonc tens.
Sire, fait el, pour dieu merchi.
Se vous le voles faire issi,
Dont sachies bien que chi endroit
Morrai de quel mort que che soit.
Miex voil de vie estre seurée
Qu'en vie estre a honte liurée:
Puis ne me caut, qui tiegne conte
Que je ne saroie auoir honte.
Chi a un puis dejouste moi
Dont je beuerai ja sans soi
Tant que li cuers m'en creuera.
Si m'aït diex, n'i faura ja.
Se ne me venes l'uis ourir.
A che ne poes vous falir
Que vous ne soies pour ma mort.
Ou soit a droit, ou soit a tort
A honte et a deshonour mis.
Se diex garist tous mes amis.
Dame, li maris li respont
Haut le troueres et parfont
Bien vous poes noier dedens.
Dehais ait el col et es dens!
Cui en caut, se vous tant en beues
Qu'en aies mais tous dis asses?
Car vous aues bien deserui
Que vous doies morir ensi.
Et encor pis, que voiant gent
Déussies morir plus vilment.
Chele fu sage et engigneuse.
Une grant pierre et merueilleuse
A a son col amont leuée.

Puis l'a el puis aual getée;
Grant noise fist, quant el caï.
Et ses maris, quant il l'oï,
Helas! dist il, je sui honis,
Noié s'est dedens chel puis;
Mult ai malement esploitié,
Ochise l'ai par mon pechié.
A l'uis court, si l'a deffermé,
Et chele fu sous un degré
Ou tapïé s'ert et muchié.
L'uis ouuri, puis est ens salie,
As talons li a l'uis fermé
Puis l'a par dedens bien serré,
Ester s'en vait a la fenestre.
Hé diex, dist il, che, que puet estre?
Che n'est pas femme, ains est diables
Qui si est cointe et deceuables,
Nus hons ne s'en porroit garder.
Dame, dist il, je lais ester
Quanque forfait m'aues del tot
Ia n'en orres mais soner mot.
f° 74 r°. Or me venes l'uis deffremer,
Et me laissies laiens entrer,
Et je vous met en conuent bien
Que je jamais de nule rien
Que vous fachies ne parlerai,
Car or a primes voi et sai
Que s'entente pert et se paine
Qui de femme garder se paine.
Et je voirement folioie
Que de vous garder me penoie.
Ha, fait ele, fel traïtour,
Cuiuers lechierre, mal amour
M'aues moustré et male foi:
Tels estes que vous n'aues loi,
Cascune nuit me guerpissies,
Et toute seule me laissies
Pour vos putains ou vous ales.
Si estes orc acoustumés
Que ja n'en faura une nuit.
Ne cuidies vous qu'il ne m'anuit?
Si fait voir, et si doit il faire;
Mais j'ai esté trop debonaire
Que je n'en voloie parler.
Mais or ne le voil plus celer,
Vous n'entreres mais cha dedens
Par dieu, de si que vos parens
Et li mien seront assamblé.
Si lor dirai le verité
Com vous m'aues lonc tamps seruie
Et pour vos putains relenquie.
Que vous feroie longue fable?
Che fu le femme au vif dyable
Qui onques ne volt otroier
Pour prametre ne pour loier,
Ne pour rien que il conuenchast
Que dedens le maison entrast.
Ains manda par matin se gent.
Et a trestous communalment
Fist a croire par verités
Que il s'estoit de lui emblés
La nuit, et ensi s'en embloit
Cascune nuit qu'il anuitoit
Et seule le deguerpissoit
Desc'al matin qu'il reuenoit.
Quant chil li sien conte contoit,
Ch'estoit noiens, el li toloit
Toutes ses raisons et son conte.
Chil moroit de duel et de honte
Qui a grant tort blasmés estoit.
Ou fist a tort on fust a droit,
Chele conte si le sien conte
Que li blames et tout le honte
En fu sor son mari tornée,
Et ele en fu si desblamée,
Que de rien ne fu mescréue,
Mais pour preude femme tenue.
Par foi, biax fiex, chist auoit mis
S'entente et sa cure tousdis
En che que garder se séust
Que femme engignier nel péust.
Or me di que che li valut?
Par foi nule riens ains li nuit.
Chertes, che dist li fiex, je pens
Que nus hons n'est de si bon sens,
Qui femme gardast ne tenist,
Que se volenté ne fesist,
Ne qui si garder se péust
Qu'en aucun sens nel dechéust.
Se diex meïsmes nel faisoit.

167 M. s'iert; L. s'ert.

222 M. Descaa; L. Desqu'al.

Pour droit nient s'en peneroit,
Et che que j'en oï conter
Me fait forment desesperer
De femme prendre, et ne quit mie
Que ja nule en prengne en ma vie.
Auoi! dist li peres, biax fiex.
Mult par en i a de gentiex;
Car se teles en sont auquans,
Mult par en i a de vaillans.
Ne sont mie toutes [com] tels
Assés en truésue on de tels
A cui diex a abandoné
Sens et mesure et castée.
Et quant diex a homme le baille
N'a sous chiel tresor qui le vaille
Biax pere, bon oïr fesist
D'aucune qui son sens mesist
Et son engien en aucun bien;
Saues ent vous de nule rien
f° 74 v°. Qui son engien a ce tornast
Que aucune rien pourfitast?
Oïl, dist il, pluisours en sont
Qui pour lor engiens grans biens ont
D'une mult sage en orras ja
Qui un prodomme conseilla.

Conte XIII.

D'un Homme qui comanda son auoir, et chil a qui il le comanda li nia. (L.)

De quodam peregrinante. (Kl.)

Cf. Boner, Edelstein, Nr. 72. (Von bevelhunge des guotes.)

Le Grand: De celui qui mit en dépot sa fortune. (traduit en vers par Imbert.)

Caxton; Of the commyssion of pecuny or money.

Steinhöwel: Von gelt in trüwe hand gelegt, böslist mit kluogheit fur ze komen.

Li prodons fu d'Espaigne nés,
Or et argent auoit asses.
Parmi Egypte trespassoit,
Et tout droit a Mec en aloit
Ou Mahons estoit aourés
Et de Sarrazins honerés.
En pelerinage i aloit
Et grant auoir o soi portoit.
Quant il dut es desers entrer
Commencha soi a pourpenser
Que par auenture perdroit
Son auoir, s'o lui le portoit.
Si a troué en son conseil
Qu'a un loial homme et feeil
Son auoir a garder baillast
Tant que par iluec repairast.
Retornés est en le cité,
Si a enquis et demandé
Ou li plus loials hons estoit
Que on en le cité sauoit.
Un homme li a on moustré
Qui mult estoit de bel aé;
Le barbe auoit blanche et florie.
Bien sambloit hons de boine vie.
Chil d'Espaigne li a baillié
Mil besans d'or, puis l'a prié
Pour amour dieu qu'il li gardast
Féelment tant qu'il repairast
Des orisons de Mahommet.
Et chil en pleges dieu li met
Que sauuement li garderoit,
Au repairer li renderoit
Trestout, que ja n'i faura rien.
Li loials hons le créi bien,
Congié prist et sa voie tint
Et alains que il pot reuint.
Quant venus fu chil demanda
Son auoir, et chil li noia
Que del sien n'auoit riens éu
N'onques mais ne l'auoit véu.
Quant li prodons a che oï
Auoi! fait il, sire, merchi,
Dame dieu en pleges mesistes,
Quant vous mon auoir retenistes.
Que [mult] bien le me garderies
Et que tout le me renderies
Loialment, quant je reuenroie.
Vous n'ales mie droite voie,
Pour dieu ne faites tel pechié,
Felenie est et maluaistié
Trop grant, se mon auoir ne rai
Que par bonne foi vous baillai.

257 M. o tels; L. Ne sunt nient totes iteles. — 266. L. Saues en vos…

Et chil li respont: Biax amis
Vous aues malement mespris.
Laissies moi ester tout en pais,
Car je ne vous vi onques mais:
Fables sont que me demandes.
N'estes mie bién assenés.
Chil fu angoisseus et dolens,
Par le chité a pluisours gens
Moustra comment chil le menoit.
Et com son auoir li noioit;
Mais n'en pooit estre créus:
Car chil auoit tous dechéus.
Les bourjois par mi le cité:
Car entr'els auoit conuersé
Si loialment toute sa vie:
Onques de nule tricherie
N'en auoient oï parler
Dont nus hons le péust reter.
Pour che tenoient tout a fable
Que de chest crieme fust coupable.
Mais chil qui son auoir perdoit
Pluisours fois chascun jour venoit
La ou li trichierres estoit
Qui son auoir li denoioit.
Pour dieu li prioit hu[m]blement
Qu'il l'en fesist restorement.
Et chil respondoit: Biax amis
Musars estes, che m'est auis.
Pour fol me ferïes tenir,
Tant vous porroie consentir.
f° 75 r°. Souffert vous ai or longuement,
Mais or sachies tout vraiement,
Se vous jamais chaiens entres.
Et de tel cose m'aparles,
Ne me porroie pas tenir
Que ne vous féisse laidir.
Quant chil les manaches oï.
Fors de le maison s'en issi:
Dolans s'en aloit et pensis.
Et quant au chemin se fu mis.
Par auenture a encontrée
Une femme bien éurée.
Vielle estoit et si s'apuioit
A un baston qu'ele portoit,
Et fors de le voie getoit
Les pierres qu'el chemin trouoit
Pour che que chil ne s'i hurtaissent
Qui par le voie trespassaissent.
Quant chelui i vit trespasser.
Commencha le a esgarder:
Bien sot que marement auoit.
Car ploureus et pensant le voit.
Quant ele le vit deshaitié.
Si l'en prist estrange pitié.
En un secré lieu le mena.
Puis li enquist et demanda
Qui il ert [et] que il auoit
Qui si desconfortés estoit.
Chil li a la cose moustrée
Et de chief en chief [a] contée.
Biax amis, fait ele, or entent,
Se voir dis, au mien escient
Porroies tu encore auoir
A l'aïde dieu ton auoir.
Mais tout auant te conuient querre
Un loial homme de ta terre:
Si l'amenras desques ichi,
Et quant par lui aurai oï
Et séu, se tu me dis voir,
Si t'aiderai a mon pooir.
Dame, dist li preudons, merchi
Dame diex set, se je voir di:
En me contrée m'en irai.
Un prodomme vous amenrai
Tout le plus loial de païs.
Or va, fait ele, biaus amis,
Et je ai en dieu boin espoir
Que te renderai ton auoir.
Ancele dieu, et tu comment?
Or ne te cant, penser noient.
Mais va t'ent tost. Et chil si fist,
Tout le plus loial homme prist
Que il en se contrée sot,
Et qui plus preudons li sambloit.
En Egypte vinrent tout droit
Ou le preude fame manoit.
Sor sains li ont andui juré
Que chil requeroit loialté.
Seignour, dist ele. or vous taisies,
Et en aucun lieu pourcachies
Dis coffres, si les faites taindre
Et de diuerses coulours paindre.

109 M. iert; L. ert.

De fer les faites bien barer
Et a bons cleus d'argent cloer;
Seréure en cascun metes,
Et les coffres tous dis emples.
Quant che arcs fait, si aies
Dis fors hommes apareillies,
A cascun un coffre metes,
Et chaiens le mes amenes.
Chil ne sont aresté noient
Tout ont fait son commandement.
Quant tout orent apareillié.
Si sont ariere repairié.
Seignour, or le vous comment faire
Si qu' a droit chief en puissons traire
De le cose qu'auons emprise?
Estuet ouurer par grant cointise.
Ie et chist preudom en iron,
Biaus amis, droit a le maison
Ou chil maint qui a ton auoir
Acroire li ferons pour voir
Que chil hom velt a Mec aler
Et en garde li velt liurer
Dis coffres plains de son auoir,
Qu'il ne les ose o lui mouoir.
Et chil dis homme vous sieurront
Qui ches dis coffres porteront.
f° 75 v°. En ordre viegnent un et un,
Et loins de l'autre soit cascun.
Quant li premiers ert ens entrés,
Tu soies prés et aprestés,
Si te met apres maintenant,
Et si demande nostre oiant,
Ton auoir que tu li baillas,
Et je cuit bien que tu l'aras.
Se diex plaist qui est de tout sire,
Ia n'en sera deniers a dire.
Chil n'ot soing de lonc demorier,
Pres del ostel s'ala muchier,
Si comme li ot commandé.
Et ele a l'autre homme mené
A le maison, et chil alerent
Apres, qui les coffres porterent.
Quant la vielle dedens entra,
Li trichierres le salua
Et chelui qui auec aloit
Dont il noient ne connissoit.
Sire, dist ele, entent a moi,
Nous sommes chi venu a toi.
Chist hom n'est pas de cest païs,
D'Espaigne est nés, che m'est auis.
Ersoir o moi se herberga,
Et moi enquist et demanda
Ou li plus loials hons manoit
Que on en le cité sauoit.
Ie ne li seu autre nommer
En qui miex se péust fier.
A toi l'ai ichi amené,
Or te die sa volenté.
Sire, dist il, el vous dist voir,
En chest païs ai grant auoir
En .x. coffres qui vienent chi,
Recheues les, vostre merchi,
Et les me faites bien garder
Tant que me voies retorner
De Mec ou je sui esméus.
Atant est li premiers venus
De chels qui les coffres portoient,
Li autre de gré demouroient.
Quant chil en le maison entra,
Et li prodons se desbucha
Qui ses besans auoit perdus,
Apres celui est ens venus.
Quant li trichierres esgarda,
Au col li corut, le baisa;
Amis, dist il, estrangement
Aues demoré longuement.
Mais or en soit diex graciés
Que vous estes sains repairiés;
Vostre auoir vous ai bien gardé
Que vous m'auïes commandé,
Or l'aures des que vous plaira.
Sire, dist il, che sera ja
En mon païs m'en veil raler,
Si l'en volrai o moi porter.
Et chil court, se li aporta,
Et chil le prent, grant joie en a.
O tout s'en ist de le maison,
Et la vielle o son compaignon,
Tout furent lié, quant il ce virent,
Et apres celui s'en issirent.
Au borgois distrent qu'il iroient
Contre les coffres qui venoient.

164 M. feront; L. feron.

Les .IX. que il ont encontrés
En ont arriere retournés.
Le disime au trichour laissierent,
Car onques puis n'i repairerent.
Che dist li fiex: de cheste dame
Doit aler partout boine femme;
Li siens engiens benois estoit,
Car en boin us le despendoit.
N'a en chest monde clerc tant sage,
Si com je pens en mon courage,
Qui plus soutisment engignast
Que chil son auoir recourast.
Biaus fiex, li philosofe sont
Pour la clergie que il ont
Plus engigneus naturelment
Que ne peuent estre autre gent.
Par foi, pere, che quie je bien.
Or m'en dites aucune rien
C'ascuns philosofe engignast
Qui a si grant pourfit tornast.

Conte XIV.

Li Iugement del oile qui fu prise en garde. (L.)

De juvene nolente domum vendere. (Kl.)

Le Grand: Le Iugement sur les Barrils d'Huile mis on Dépôt.

Caxton: Of a subtyle Inuencion of a sentence gyuen upon a derke and obscure cose.

Steinhöwel: Ain kluoges finden verborgener urtail von dem öl.

Fiex, uns prodons jadis estoit
Qui mult grant entente metoit
f° 76 r°. En atorner un sien manage
Qui siens estoit par hiretage.
Quant il fu mors, s'en fu saisis
Uns bachelers qui fu ses fis,
Qui estoit hoirs de le maison;
Mais nule autre possession
Ne li remest, dont péust viure,
Mais que fors estoit et deliure.
Si labouroit et conqueroit
Che dont se vie soustenoit;
Car mult grans mesaises soufrist
Anchois que le maisou vendist.
Ne le voloit a homme vendre,
Ia soit che qu'il n'éust que prendre.
Uns riches hons empres manoit
Qui mult grant enuie en auoit.
Mult par l'acatast volentiers
Et gramment i donast deniers
Pour se maison croistre et estendre.
Mais chil ne li voloit pas vendre.
Ia puis ne fust hons ses amis
Que de vendre l'éust requis.
Li riches hons ert angoisseus
Qui mult en estoit conuoiteus.
Pourpensa soi que il querroit
Aucun engien, se il pooit,
Par coi il aroit acoison
De le geter de se maison.
Dont a mis oile en .x. touniax.
Les .v. empli et fist loiaus,
Les autres .v. demis laissa.
Au vallet vint, si li proia
C'une partie li pretast
De se maison, et li gardast
Ches .x. touniax en son chelier
Tant que li oiles soit plus chier.
Car desquatant voloit atendre
Qu'a meillour fuer le péust vendre.
Et pour le garde li dourroit
Tant del sien com raisons seroit,
Et plus encore que raison
Velt il bien louer se maison.
Li valles n'ot nul mal pensé,
Volentiers li a créanté
De se maison une partie.
Ne sot mot de le mal boisdie
Del bourgois ne le traïson,
Ouerte li a le maison.
Et chil i a fait aporter
Les dis toniaus pour lui greuer.
Au vallet les a commandés;
Amis, dist il, or les gardes.
Il sont tout plain, gardes les bien
Et volentiers ares del mien.
Sire, dist il, les cles prenes
Et vous meïsmes les gardes.
Li riches hons li respondi,
Biax amis, n'ira pas ensi,

30 M. de li geter; L. de geter le.

En vous n'a point de tricherie,
Iel sai bien et si n'en dout mie
Que ja pour vous n'i perdrai rien
Ies vous qemant, gardes les bien.
Chil fu simples, ne s'aperchut,
Les toniaus en garde rechut.
Bien cuidoit, mais n'ert pas ensi
Que d'oile fuissent tout empli.
Quant longuement les ot gardés.
Li riches hons s'est pourpensés
Que son oile pooit bien vendre.
Ne voloit or pas plus atendre,
Car en la contrée ert bien chier.
Au vallet a fait enuoier,
Amis, dist il, bien est saisons
Desor mais que nous regardons
A nostre oile, car il m'est vis
Que il n'est or pas si bien pris
Com il ert, quant jel vous baillai.
Sire, dist il, les cles en ai,
Quant vous plaira, ses recheures
Et vostre plaisir en feres.
Amis, dist il, tu i venras
Auecques nous, si nous aidras.
Et si aras ton guerredon
De l'aïe et de le maison
Que tu nous as desques ichi
Prestée la toie merchi.
Li riches hons fu plains d'enuie
Et d'engien et de felonie.
f° 76 v°. Pluisours gens o soi assambla
Tout de son gré qu'il i mena.
Quant la vinrent, si esgarderent
Les .x. toniax et remirerent.
Les .v. en ont troué bien plains
Mais es autres .v. en ot mains.
Car comment i fust che troué
Qui onques n'i auoit esté?
Demi i furent aporté,
Et demi i furent troué.
Li riches hons a apelés
Cels qu'il i auoit amenés.
Seignour, dist il, entendes moi
Ves quel loialté et quel foi
Ie ai troué en chest vassal
Que on tenoit a si loial.
Par foi grant larrechin a fait
Qui de .v. toniax a trait
Demi l'oile qui i fu mis,
Ou encor plus, ce m'est auis,
Car par foi tous plains li baillai;
Prenes garde que j'en ferai.
De tel cose ne sai que faire,
Mal est a dire et mal a taire.
Il est mes plus prochoins voisins,
Mais trop est grans li larrecins,
Puis que justise le saroit
Mon corps et mon catel prendroit,
Et je, seignour, par foi n'ai cure
De metre moi en auenture.
Ou li valles volsist ou non,
Le geta fors de se maison,
Deuant justise le mena
Et de son oile se clama:
Dist que par lui perdu l'auoit
Que faus et lierres en estoit.
Chil fu malement entrepris,
Car poi a poures hons amis.
N'ot qui pour lui osast plaidier
Pour le riche homme corechier,
Ne sot que faire en nule guise,
Mais que tant proia le justise
Que respit .x. jours li dona
Puis responde au miex qu'il sara.
En le cité ert sejournans
Uns philosofes mult vaillans;
Bons clers ert et de boine vie.
Grant recourier et grant aïe
Par le cité de lui auoient
Chil qui desconseillié estoient,
Par le païs estoit nommés
L'aïe des desconfortés.
Tous li pueples si l'apeloit
Pour che que as caitis aidoit.
Chil ne sot aillours ou aler
Au philosofe ala parler.
Sire, fait il, pour dieu merchi,
Se che est voirs que j'ai oï
De toi, que tu as tel mestier
Des desconseilliés conseillier,
Et pour che es tu apelés

67 M. n'iert; L. n'ert.
94 L. remuerent.

Aïe des desconfortés,
Dont me dois tu pour dieu aidier
Car certes j' en ai grant mestier.
Pour amour dieu te cri merci
Car acusés sui. Tout ensi
De chief en chief a tout conté,
Et li prodons a demandé
Se ce est ou a tort ou a droit
Que de l' oile acusés estoit.
Li valles sor sains li jura
Que il coupes nule n' i a.
Li philosophe en ot pitié
Mult l' a conforté et haitié.
Amis, dist il, n' aies paour,
Demain iert, che me dis, ton jour,
Séurement au plait iras
Et se dieu plaist, conseil aras,
A ta verité secourai
Et a le fauseté nuirai.
Ta parole metras sor moi,
Et, se dieu plaist, en qui je croi,
Ie t' en ferai quite venir
Et els pour trichéour tenir.
 Li valles fu asséurés,
L' endemain est au plait alés,
Et li philosofe i ala.
Et le justise l' apela.
f. 77 r°. Trestuit contre lui se leuerent,
Et si, com drois est, l' onererent.
Li riches hons fu apelés
Et cil qui estoit acusés.
Seignour, dist la justise, or dites,
Et si vous orra chist hermites
Qui plus set que nous ne sauon,
Si jugera selonc raison.
Li riches hons conta son conte,
Li valles ot paour et honte;
Li philosophes l' esgarda,
Vers le justice se torna,
Oiant tous li a demandé
S' enquerre velt la verité.
Sire, ce respont la justise,
Mon vuel en seroit-ele enquise?
Enquier le, sire, a ton talent,
Puis soit sor toi del jugement.
Li philosofe a respondu:
Or soient li tonel venu,
Faites les nous ci aporter,
Et si nous faites mesurer
Tout auant ices .v. toniax
Que cil troua plains et loiaus;
Tout le cler oile en seuerron
Par foi! Et puis le mesurron
Et combien l' espes ataindra
Qui desous le cler remanra:
Apres referons mesurer
Et l' espesse oile, et le cler
Qui en ces .v. sera troués
Dont li oiles doit estre emblés,
Et quant nous mesuré l' auron,
Se che est que nous i truison
Espesse oile tout autretant
Comme es autres .v. deuant
Qui plain furent, donc ne doutes
Que l' oiles n' ait esté emblés,
Et se nous a tant en uenon
Que del espes oile puisson
Mult mains en ices .v. trouer
Selonc le cantité del cler,
Donc sachies, si n' en doutes mie,
Que cil demande tricherie,
Et que point d' oile n' a perdu,
Ne n' en doit estre respondu.
Chil oïrent le jugement,
Et virent tout apertement
Que par tout disoit verité
Et boine foi et loialté.
Donc fist le justise aporter
Les .x. toniax et mesurer.
Conéue fu la voisdie
Del riche homme et la tricherie.
Si a gages a merchi donés
De che qu' a tort s' estoit clamés.
Li valles quites s' en ala,
Graces rendi et merchïa
Le philosofe qui l' auoit
Geté del blasme ou il estoit.
Li philosofes li a dit:
Biax dous amis, il est escrit
Que qui maison velt acater,
Que tout auant doit esgarder
Et sauoir bien quels teches a
Ses voinsins qui empres maindra.
Sire, vous dites bien raison,

Mais ains eüsmes le maison
Que chil mansist el voisiné.
Biax frere, et il est commandé
Que ains le vende on enfin
Que on maigne pres tel voisin.
Che dist li fiex, mult ert sachans
Li philosophes et vaillans,
Et par raison ert apelés
Aïde des desconfortés,
Biax fiex, encor te voil conter
D'un autre, dont oï parler,
Qui par grant sens refist auoir
A un poure homme son auoir.

Conte XV.

D'un Homme qui portoit grant auoir. (L.)

De juvene qui mille talenta et aureum serpentem amisit. (Kl.)

Caxton: Of the sentence gyuen up the pecuny or money whiche was found.

Steinhöwel: Ain urtail ains wysen von gefunden gelt.

Uns riches hons estoit jadis
Qui dedens un sac auoit mis
Mil besans d'or que il portoit
A un castel ou il aloit;
Metre les voloit en tresor.
Et auec un bel serpent d'or
Auoit mis auec les besans
Dont li sas estoit plus pesans.
f° 77 v°. Maluaisement l'auoit troussé,
Si l'a en la voie adiré;
Mais ne sot ou li destrossa.
Uns poures hons i trespassa,
Troué l'a, si l'en a porté
Et a se femme l'a liuré.
Sire, dist ele, or le gardon,
Quant diex vous en a fait le don,
Qui en sauoit vostre mestier;
Lui en puissons nous gracier.
Quant li riches hons s'aperchut
Maintenant au preuost corut.
Crier li fist par la cité
Que qui cel auoir a troué,
Que il li rende sans forfait,
Et sans acoison et sans plait,
Mult volentiers et a bon gré,
.c. besans pour sa carité.
Quant cil qui troués les auoit
Ot que .c. besans en aroit
Pour rendre les, mult se fist lié
Que tant en aroit sans pechié.
A se femme en ala parler,
Mais el nel volt pas creanter.
Sire, dist el, grant tort aues,
Diex les vous dona, ses gardes.
Se li plaisirs dame dieu fust
Que chil qui perdus les éust,
Nes éust noient desmanés
Ne tu nes éusses troués.
Dame, dist il, ce n'i a mie.
Se diex plaist et sainte Marie,
Ia si grant pechié ne feron
Que l'autrui auoir reteignon.
Se .c. besans poons auoir
Sans pechié, ce sachies de voir,
Miex nous valront que ne feroient
Tout li mil, se de tort estoient.
Baillies les moi et ses rendron,
Et cent sans pechié en auron.
Cele se commence a desuer
Et chil le commence a haster.
Volsist on non, li a liurés,
Et chil les prent, ses a portés
Au preuost tout voiant la gent,
Puis a demandé les siens cent.
Li rices hons fu apelés,
Ses besans prist, ses a contés,
Tous les i troua loialment,
Et tout enterin le serpent.
Lies fu de ce que l'auoir ot,
Mais estrangement li pesot
Des .c. que auoir en deuoit
Chil qui tous troués les auoit.
Pourpensa soi, qu'il li tolroit
Par aucun art, se il pooit.
Li poures hons li demanda,
Et cil s'estut, si l'esgarda.
Amis, dist il, mult l'as bien fait
Que tant nous en as auant trait;
Or rent le sorplus, puis aras

45 M. volront; L. vaudront.

Tes .c. besans, ja n' i fauras.
Seignour, dist cil, sacies pour voir
Que je n' ai pas tout mon auoir.
Uns autretels serpens me faut
Qui graindres est et qui miex vaut
Que ne fait chist qu' il m' a rendu:
Le meillour en a rentenu.
Quant li poures hons l' entendi
Seignour, dist il, pour dieu merchi,
Si m' aït diex, plus n' i trouai.
Che sachies, que rendu li ai.
Li poures hons s' escondissoit,
Et juroit et se maudissoit
Que il n' i auoit plus troué.
Et il se disoit verité;
Mais que caloit? Asses trouoit
Qui lait disoit et encusoit,
Tout o le riche se tenoient,
Et le poure homme laidissoient.
Car costume est et a esté
Que tous jours het ou pouerté
Et que riqueche est soushauchié
Et pouertés par tout plaissié.
Mult ont le poure homme hué,
Deuant justice l' ont mené.
La justice mult l' acusa,
Et destraint mult et manecha.
f° 78 r°. Li poures hons s' escondissoit,
Mais que caut? Rien ne li valoit.
N' auoit qui li volsist aidier,
Ne qui pour lui osast plaidier.
Tant fu la parole esméue
Que deuant le roi est venue.
Li rois manda a le justise
Que cele parole fust mise
Deuant lui, car oïr voloit
Qui auoit tort et qui le droit.
La justice li a mené
L' encuséour et l' encusé,
Et tout l' auoir a fait porter.
Et li rois a fait demander
Un philosofe qui manoit
En la cité ou ce estoit.
Commanda li que il oïst
Cele parole et enquesist
A son pooir la verité
Et en jugast a loialté.
Li philosofes escouta
Com li rices hons acusa
Le poure homme de son serpent.
Et aperchut le marement
Que li poures hons en auoit
Qui en plorant s' escondissoit.
Pitié en ot, si l' apela,
Priuéement li demanda
Se cel serpent auoit troué.
Conéust l' ent la verité,
Et il l' en aideroit si bien
Que ja n' i perdroit nule rien,
Et tout quite aler l' en feroit,
Et li serpens li remanroit.
Sire, dist cil, pour dieu merchi,
Che set diex que je li rendi
Tout l' auoir quanques je trouai,
Riens n' en reting, ne riens n' en ai.
Li philosofes s' en torna
Vers le roi, si li demanda:
Sire, dist il, voles sauoir
Que vous feres de chest auoir?
I o u en ferai, mon escient,
Ia endroit loial jugement.
Chist riches hons que je voi chi
N' a, che m' est vis, nul maluais cri,
B o i n los li oi ichi porter
De tous chels que chi voi ester,
Pour che le cuit et bien le croi,
Selonc che que j' en oi et voi,
Que en lui a tant sens et bien
Que il ne demanderoit rien
Dont il cuidast pechié auoir
Ne blasme entre gens r e c h e u o i r.
De l' autre part chertes je croi
Que chil poures hons que chi voi,
A loialment l' auoir rendu
Et que rien n' en a retenu:
Si vous dirai pour quoi jel croi.
Se il fust maluais hons de soi,

74 M. Que; L. Qui.
85 M. cui caloit? L. qui chaleit. (cf. v. 98.)
147 M. Car en lui...; L. Que en...

Tout le chelast et retenist,
Ia chertes denier n' en rendist.
Et li rois li a respondu:
Sire, or nous di, que juges tu?
I' en ferai che que tu voldras
Et quanque tu en loeras.
Sire, dist il, l' auoir prendras,
En saune garde le metras
Tant que aucuns venra auant
Cui l'auoirs soit et quil demant:
Car je voi bien, che est la somme,
Que il n' est pas a chest riche homme;
Ne pas n' est chil, che saches tu,
Qui chest auoir auoit perdu.
Au poure homme qui l' a troué,
Qui mult a fait grant loialté
De che que il l' a conéu,
Soient li cent besant rendu.
Pramis li furent, si feroit
Mal et pechié qui li tolroit.
Chil riches hons fache crier
Par chele vile et demander
Se .ij. serpens que perdus a,
Et se diex plaist, ses trouera,
Car chist n' en a que un troué,
S' en i auoit autre adiré,
Li rois oï le jugement
Mult plot a lui et a se gent,
f° 78 v°. Et dist que ensi le feroit
Com li philosofes disoit.
Mais quant li riches hons l' oï,
Boins rois, dist il, pour dieu merchi,
Si m' aït diex, l' auoirs est miens.
Et si ne me faut nule riens:
Mais je disoie voirement
Que perdu auoie un serpent.
Chiers sires, chertes je mentoie,
Mais par traïson le disoie,
Pour che que voloie tolir
A cest poure hemme et retenir
Les cent besans qu' auoir deuoit
Pour le sorplus que il tenoit.
Li rois qui deboinaires fu,
Li a tout son auoir rendu,
Mais que les cent besans a pris
Que li preuos auoit pramis
A chelui qui rendroit l' auoir;
Au poure homme le fist sauoir.
Pere, dist li fiex, je voi bien
Que clergie est sor toute rien;
N' est engiens, ne sens, ne voisdie
Qui puisse trespasser clergie.
Par grant engien li garandi
Le philosofe et li rendi
Les besans que perdus éust
Sans recouurer, se il ne fust.
Biax fiex, li philosofe auoit
Un sien clerc, que il aprenoit:
Mult li amonestoit souent
Qu' il ne s' acompaignast noient
A home qu' il ne conéust,
Ne ses familiers ne fust.
Et se par auenture errast
Et hom a lui s' acompaignast
Qui son oirre li enquesist,
Gardast que il ne li desist
Combien loins aler il déust,
Se deuant che nel conéust,
Ains fainsist que plus loins iroit
Que ses proposemens n' estoit.
Et se lanche auec soi portast
Deuers le destre part alast;
S' espée portast en la destre,
Si se tornast vers le senestre.
Et encor plus li enseignoit
Que, quant che ert que il erroit,
Que pour noviax chemins gardast,
Que les vies voies ne laissast;
Car se les vies ne sont si beles
Ne si courtes com les noueles,
Si fait, tele heure est, mieldre aler
Pour crïeme soi d' esgarer.

Conte XVI.

Por qoi on doit amer le grant chemin. (L.)

Nota uias magnas et breues. (Kl.)

Le Grand: Le Grand Chemin.
Dist li fiex, che est verités:
Or me sui d' un oirre amembrés
Que a une cité alion

217 M. qu' il nel conéust.
1 M. Dist li fiex, peres, ch' est verités.
L. Dist li fis, ce est verité.

Ie et mi autre compaignon.
Loins estiens de la cité,
Et si estoit mult auespré,
Et li solaus fu estonsés
Qui nous auoit trestous lassés.
Lor veïsmes une sentele
Qui mult nous sambla droite et bele
Et auis nous fu que plus droit,
Que li grans chemins, nous menroit
Et mult plus tost a la cité,
Mais n' en sauïons verité.
A un viellart, que nous trouames,
L' enquesimes et demandames,
Et il nous dist que la sentele
Estoit mult plus droite et plus bele,
Et mult plus courte de grant fin
Que n' estoit par le grant chemin.
Mais mult anchois, dist il, venres
A la cité, ja n' i faurres,
Se vous le grant chemin tenes
Que, se par le sentele ales.
A mult grant folie tenimes
Les paroles que nous oïmes.
Le grant chemin trestuit laissames
Et la sentele nous tournames.
N' éumes pas longues erré
Quant nous fumes tuit esgaré,
Ne séumes quel part aler,
Toute nuit nous estut errer;
Premiers decha, et puis de la,
Onques tant que la nuis dura
Ne finames onques d' errer,
Tant que véimes le jour clert
f° 79 r°. Ne venimes en la cité.
Si sauïon de verité
Qu' anchois mienuit i fuisson
Se le grant chemin tenisson.

Vient maintenant la deuxième partie de la Fabula XVI (ed. L.), pag. 116, 3–8, le tout comprenant 68 vers qui manquent dans L.

Fiex, dist li pere, je te di
Que jadis m' auint autresi;
Car a une cité aloie,
Et el chemin que je tenoie,
Auoit gent estrange a plenté
Qui aloient a la cité.
Entre nous et la vile auoit
Une eaue qu' il nous conuenoit
passer, anchois que péusson
Venir la ou nous alions.
Li chemins en .II. se fourquoit,
Et l' une des voies aloit
Par un pont droit a la cité;
Et l' autre aloit par mi un gué.
Un viellart auec nous auoit
Qui en la contrée manoit:
A chelui auons demandé
Des .II. voies la verité,
A le quele nous tenrion
Qu' anchois a l' ostel fuission.
Et li viellars nous respondi,
Seignour, dist il, pour voir vous di
Que cil qui vont a le cité
Par le pont et laissent le gué,
Ne se cuident pas destourber,
Et .II. lieues ont a aler
Plus que chil qui par le gué vont.
Mais se vous ales par le pont,
Anchois verres a le cité
Que vous ne feres par le gué.
Li pluisours de cels qui l' oïrent,
Le gaberent et escarnirent,
Pour fol le tienent et n' ont droit.
Au gué, ou mains de voie auoit,
Folement si sont embatu,
Si lor en est mesauenu;
Car ne sorent pas droit aler,
Si conuint les cheuax noer.
Li auquant i sont retenu,
Li autre qui s' en sont issu,
Sont tuit moillié et mal venu,
Et mult i ont del leur perdu.
Nos autre sauuement passames,
Qui o nostre viellart alames.
Quant a nos compaignons venimes,
Dolens et plourans les véismes.
Li uns s' eschuoit et torchoit,
Li autres en se main tenoit
Ratel, ou rabot, ou queroit
Che qu' en l' eaue perdu auoit.
Seignour, che lor dist li viellart,
Bien vous acointai que plus tart

En venriees a la cité
Se vous alïes par le gué;
Mais pour bricon m'aues tenu.
Sire, cil li ont respondu,
Orgueil et folie fesimes,
Quant de vostre conseil issimes,
Mais auanchier nous cuidïons,
Che en fu toute l'acoisons.
Seignour, li viellars respondi,
Maluais auanchement a chi;
Car asses plus i demoures.
Or nous sieues, quant vous porres.
Atant fumes de cels seuré.
Si entrames en la cité
O le viellart lié et joieus;
Cil remestrent mat et ploreus.

Suite de M. et L.

Dist li fiex: l'ai oï toudis
Que mieldre aler en paradis
Fait par longue voie et par grieue,
Qu'en enfer par plaine et par brieue.
Fiex, dist li pere, entent a moi.
Se hom s'acompaigne auec toi,
Féelment l'aime, sans boisdie,
Et li tien boine compaignie,
Qu'il ne t'en auiegne autresi
Comme jadis conter oï
Qu'a .ii. bourgois ert auenu.

Conte XVII.

De deus Bourgois et d'un Vilain. (L.)

De duobus burgensibus et rustico. (Kl.)

Cf. Boner, Edelstein, Nro. 74. (Von drin gesellen wâren kouíliute.)

Le Grand: Les deux Bourgeois et le Villain.

Caxton: Of the feythe of the thre felawes.

Steinhöwel: Von dryen gesellen, ainem puren und zweyen burgern.

Li bourgois s'ierent esmëu
Pour aler en pelerinage.
Un vilain mult cointe et mult sage
Auec, els [en] chemin se met.

4 M. Auec els chemin se met. (Manque une syllabe.)

A Mec en vont a Mahommet,
Et furent compaignon tout troi
De la despense et del conroi.
f° 79 v°. Or lor auint un jour ensi
Que tous lors viures lor fali.
Fors c'un poi de ferine auoient
Dont un seul pain faire pooient.
Et mult petis en fust li pains,
Tels .iii. en mengast li vilains.
Li dui bourgois s'en esmaierent
Et entrels .ii. se conseillierent
Que le vilain fors partiroient
De le ferine s'il pooient.
Che dist li uns, quel le feron?
Nous auons chi tel compaignon
Qui dyables cuis mengeroit
Voire tous crus, s'il les auoit.
Un petit de ferine auons,
Et se nous li abandouons
Le pain, quant l'arons fait et cuit,
Il en mengeroit bien tels .viii.;
Si l'asaudra de tel randon
Que ja ne nous en sentiron.
Dist li autres, car en penses
Et aucun engien pourpenses
Que sa part tolir li puissons,
Et que par nous .ii. le mengons.
Par foi, dist cil, je vous dirai
Le meillour conseil que je sai:
Nostre ferine prestriron
Et quant le pain fait en auron,
Cuire le lairons par loisir,
Puis nous coucherons pour dormir
Endementres que il cuira.
Et chil de nous .iii. qui verra
Greignour merueille en son dormant,
Si fera del pain son talant,
Queque che soit, voir ou menchoigne,
Li uns de nous dira tel songe
Pour coi li pains nous remanra,
Que li vilains ne le saura
Par bel mentir deuers soi traire.
Ne set noient de tel afaire,
Car plus est entulle et enchoistre
Que nus moines norris en cloistre.
Ensi l'ont andui esgardé,
Puis l'ont au vilain deuisé;

Et li vilains lor respondi
Que bien le creantoit issi,
Car de rien nes contredisoit,
Ains les amoit mult et seruoit,
Ne nule fois ne les courchoit
Fors seul itant que trop mengoit.
La ferine li font passer
Et le pain faire et atorner,
Puis le laissent cuire a loisir,
Puis se coucherrent pour dormir.
Li vilains s'est auec couchiés
Qui bien s'estoit auezïés
Que del pain le fors partiroient
Mult volentiers, se il pooient.
De bien dormir fist grant samblant.
Mais ne dormi ne tant ne quant,
Et diex li a fait tel merchi
Que li autre sont endormi
Quant il les vit bien endormis,
Ne fu ne fols ne estourdis,
Tout belement au fu en vait
Ou li paint ert, si l'en a trait.
Fust cuis ou crus, tout le menga
Nonques del cru point ne geta.
Puis est arriere repairiés,
Iouste les autres s'est couchiés,
Ne dormi pas, ains escouta.
Li uns des bourgois s'esueilla,
Puis apela son compaignon.
Compains, dist il, ma uision
Vous veul conter que véu ai.
Dites, fait il, puis redirai.
Par foi, dist il, il m'ert auis
Que doi angle de paradis
Les portes del chiel entr'ouroient,
Et chil aual en descendoient,
Desque ichi a moi venoient
Et entre lors bras me prenoient,
Deuant dame dieu me metoient
Et grant joie de moi faisoient.
Dist li autres, chi a bel songe,
Or nel tenes pas a menchoigne
Le mien, quant vous l'ares oï.
Il m'estoit auis autresi

68 M. Que diex; L. Et diex...
84 M. m'iert. — 86 M. entrouoient.

f° 80 r°. Que doi angle cha jus venoient
Et entre lor bras me prenoient;
La terre encontre els s'aouroit,
Les angles et moi recheuoit,
Et il o tout moi i entroient
Et desqu'en infer me portoient.
Che, dist li autre, estrangement
Auons songié diuersement;
Merueilleus songes a ichi,
Onques mais tels nus hons n'oï.
Li vilains qui tout ce ooit,
Faisoit samblant que il dormoit.
Esueillié l'ont et il saut sus
Mult effreés et mult confus;
Samblant fist que grant duel auoit,
Si demanda que che estoit.
Che respont l'uns des compaignons,
Lieue sus, bien en est saisons.
Et li vilains a respondu
Estes vous donc ja reuenu?
Ou estïons nous donc alé
Dont doions estre retorné?
Onques puïs plain pas n'alames.
Ne de chi ne nous remuames.
Che dist li vilains, tel n'oï
Donc fu ce songes que je vi,
Car par foi il me fu auis
Que doi angle de paradis
Vinrent, qui l'un de vous doi pristrent
Et deuant dame dieu le mistrent:
Apres reuinrent par ichi
Dui autre, se je ne mesui.
La terre lor vi entr'ourir
Et celui, qui remest, saisir,
Desques en infer l'emporterent,
Onques puis cha ne retornerent.
Quant je vi che, si fui desués
Que si vous aueie adirés;
Car n'eu entente ne espoir
De nul de vous jamais rauoir.
Au gastel qui cuisoit, alai
Del fu le trais et sel mengai,
Auques fu crus, mais ne caloit.
Tous li corps de moi fremissoit
De paour qu'il ne retornaissent.

115 M. dont; L. donc.

Li doi angle qui m' emportaissent.
Pour le crieme que je auoie
Me hastoie quanque pooie.
Peres, dist li fiex mult sui liés
Que si fu li vilains vengiés.
Le baston auoient coilli
Pour lui batre, et il les bati.
De lor engien les engigna
Et dedens l'angle les mata
Ou mat le quidierent tenir,
Et che lor dut bien auenir.
Car qui d'autre engignier se paine.
Bien doit sor lui tourner la paine.
Chi est bien le prouerbe apert,
Que qui tout couoite, tout pert.
Tout couoiterent, tout perdirent
Tout volrent prendre, a tot falirent.
Itel est de chiens la nature
Qu'il s'entretolent lor pasture.
Et quant ce li bourgois faisoient.
Que lor nature guerpissoient,
Pour nature de bestes prendre
Ia ne déussent ceste emprendre.
Nota naturam cameli. (Kl.)
Mais la nature del camel
Dont l'uns a l'autre est si féel
Que ja li uns ne mengera
Tant com li autres junera;
Et quant on lor done prouende.
N'i a chel qui le bouche i tende
De si que tout ensamble i tendent.
Bien et loialment s'entr'atendent.
Car se il voient deshaitier
L'un d'els, qu'il ne puisse mengier,
Ou d'iluec l'estoura oster,
Ou tous les conuïent jeuner.

Fabula XVIII.

De incisore cuiusdam regis. (Kl.)

Ce conte manque dans M., et Conte XXVI. dans L. est la version donnée par Barbazan-Méon (p. 131 Du tailleor le Roi et de son Sergant).

Conte XVIII.

De deus Ingleors. (L.)

De duobus iaculatoribus. (Kl.)

Fiex, dist li peres, or laissons
D'els la parole et d'el parlons.
Ne soies noient mesfaisans
Ne enuieus ne mesdisans,
Ne ton compaignon ne blasmer,
Ne de crieme ne l'acuser,
Qu'il ne t'en auiegne autresi
Comme jadis conter oï
f° 80 v°. Qu'a un gougléour en auint
Qui a la court a un roi vint.
Li rois selonc che l'apela
Que il estoit, et honera,
Et tout chil qui o lui estoient
L'onererent si com deuoient.
Uns autres est apres venus
Qui de la court ert conéus;
Pour che que plus en ert priués,
Fu miex et plus bel apelés
Et en greignour chierté tenus
Que chil qui premiers ert venus.
Pour che qu'il erent d'un mestier
Les mist on ensamble a mengier.
Mais cil qui vint premierement
Ot enuie et grant marement
Que li rois plus bel apeloit
Et tenoit chier et honeroit
Celui qui puis venus estoit.
Pourpensa soi qu'il li feroit
Une honte, se il pooit,
Pour coi il le desjougleroit;
Pour glouton le feroit tenir,
Et miex nel pooit on honir
Ne enuers le court avillir.
Et dont commencha aüner
Les os qui en le char estoient
De tous les mes qui li venoient.
Une grant masse en aüna
Et en sen deuant les mucha.
Vers le fin del mengier les prist,
Deuant son compaignon les mist.
Quant deuant lui les ot tornés,

22 M. Les mist on ensamble mengier.
30 M. il les desj; L. il le desj.

Si s'est oiant tous escriés:
Sire, dist il, mult mefféistes,
Quant o tel homme m'asséistes.
N'est pas de char mengier restis,
Bien a de ceste sa part pris.
Or esgardes quele assamblée!
Il a de ces os deuorée
La char dont il erent vestus,
Laissiés les a maigres et nus.
Li rois en trauers l'esgarda,
Onques nul mot ne li sona.
Mais cil qui acuser s'oï
Isnelement li respondi:
Sire, dist il, or m'entendes,
Ne doi noient estre blasmés,
Se de la char asses mengai,
Quant je les os ichi laissai;
Car selonc humaine nature
La char mengai des os n'eu cure:
Mais chist mes compains a bien fait
Si, com sa nature le trait;
Car char et os a tout mengié,
N'en voi noient qu'il ait laissié.
Atant se teut, et la huée
En est par le sale leuée.
Tuit ont le lechéour hué
Qui l'autre auoit primes blasmé
Honte ot, et si fu a bon droit,
Car bien pourcachïé l'auoit,
Et a mal chief en doit venir
Qui autre velt a tort honir.

Diffinitio largitatis et prodigalitatis. (Kl.)

Fiex, dist li peres, or entent,
Tu dois honerer toute gent,
Et a bone foi tous amer
Et a ton pooir honerer.
Cels qui mains puissans sont de toi,
Et done leur, se tu as coi.
A riche homme est trop vilain vice
Que il soit blasmés d'auarice.
Grant honte est et trop laide cose
Que dedens lui se soit enclose,
Et bele cose, quant corage
A uns hons d'auoir estre largue.
Fiex, se tu chies en pouerté,
N'en dois a dieu sauoir malgré;
Car maint fait poure deuenir
Pour miex auoir et pis guerpir:
Si le dois de bon cuer loer,
Non pas corechier ne blasmer.
Ne ja mar orgueilleus seras
Pour grant riqueche, se tu l'as:
Car mult l'aras tost esnuée,
Se cil velt qui l'ara prestée.
Si ne te caut de conuoitier
Fors tant dont tu aras mestier;
f° 81 r°. Car qui d'auoir est conuoiteus,
Com plus a, plus est orgueilleus.
De plus atraire et aüner
Ne se puet onques saouler.
Mult se met chil en male paine
Qui d'auoir aüner se paine,
Ne nuit, ne jour n'est a loisir:
.II. tormens li estuet souffrir:
Pour crieme de perdre, veillier,
Et pour aüner, traueillier.
Fiex, encor te voil castier
C'autrui cose ne conuoitier.
Ne ja mar trop grant duel feras,
Quant le toie cose perdras:
Car bien ses que par dolouser
Ne porroies rien recourer.

Conte XIX.

Du Vilain et del Oiselet. (L.)

De quadam auicula delectabiliter cantante. (Kl.)

Cf. Boner, Edelstein, Nr. 92. (Von einer nachtegal, wart gevangen.)
Le Grand: Le Lai de l'Oiselet.
Caxton: Of the labourer and of the nyghtyngale.
Steinhöwel: Von dem vogler und vögelin.

Uns païsans jadis estoit
Qui un mult bel vergier auoit:
De diuers arbres ert plantés,
Et si i auoit amenés
Les ruissiax qui par mi couroient
Des fontaines qui pres estoient.
Et en yuer et en esté

98 M. Qui plus a; L. Com plus a. — 106 M. Et aüner et traueillier; L. Et pour aüner tr....

Y auoit vert herbe a plenté
O les fleurs qui soës oloient
Des diuers fruis qui i croissoient.
Par la grant delitableté
S' i assambloient en esté
Tuit li oisel de la contrée,
Au matin et a la uesprée
Ioïssïes tel chantéis;
L' uns cantoit bas, l' autre haus cris.
Mult s' i faisoit bon arester
Pour les diuers cans escouter
Que li oiselet i cantoient
Qui de partout s' i aünoient.
Un jour en son vergier entra
Chil cui il ert, et se coucha
Sor la fresche herbe a reposer,
Se commencha pour escouter,
Com grant entente et com grant cure
Li dous chans et l' envoiséure
Que li oiselet demenoient
Qui el vergier se delitoient.
Uns petis oiseles seoit
Sor l' arbre ou chil se gisoit,
Qui si tres douchement cantoit
Que li vilains, qui l' escoutoit,
Ne s' en quesist jamais partir,
Se tous tans le péust oïr.
Quant il ot le canter laissié,
Li vilains ot apareillié
Un petit lachet, si l' a mis
La ou li oiseles auoit sis.
Li oiseles ne se garda
Del lacet, quant il repaira;
Pris fu, et li vilains sali,
En l' arbre monte, sel saisi,
Et li oiseles li a dit:
Vilains, fait il, se diex t' aït,
Que cuides tu auoir gaaignié?
Pour coi tu as tant traueillié
Pour moi prendre a si grant trauail?
N' i est pas sens, car petit vail;
Volentiers volroie sauoir
Quel preu tu i cuides auoir.
Dist li vilains, jel te dirai,
En une cage te metrai,
Iluec te voil oïr canter,
Car el n' i quier jou conquester.
Che, dist l' oisiaus, ne plache dieu
Que ja chant en itel lïeu;
Ne pour doner, ne pour prametre
Ne me porroit nus a ce metre
Que ja de moi oïes canchon
Tant com je serai en prison.
Ia chertes mot ne sonerai
Deuant qu' a mon talent serai.
Par me foi, ce dist li vilains,
Ie te metrai fors de mes mains,
Mais ne riras pas el vergier,
Ie ne t' i lairai repairier,
Car, par foi, je te mengerai.
Et tu comment? Ie te cuirai.
Cuiras? Voire, en eaue ou en rost.
Mult en seras deliurés tost,
Car, quant en l' eaue m' aras cuit,
Ensamble en metroies tels .viii.
fº 81 vº. En ta bouche, com je serai.
Et au rostir mult descroistrai,
Ia mengiers n' iert ne bons ne biax
Qui sera fait de tels oisiax.
Mais se tu me laisses aler,
Si me porrus oïr canter,
Et autre pourfit i auras
Dont tous jors mais mieldres seras.
Et quel pourfit, dist li vilains?
Bien en voil estre anchois chertains.
Dist li oisiax, jel te dirai.
.III. manïeres de sens sai
Que je t' aprendrai, je t' afi,
Lues que partis serai de ti;
Et miels te volront a oïr,
Se tu les vels bien retenir,
Que .III. grant cigne ne feroient,
Se cuit a ton mengier estoient.
Il li affie et il le lait.
Li oiseles grant joie fait,
Desor un arbre s' est assis,
Rendre velt che qu' il a pramis.
Vilains, dist il, entent a moi:
Un des sens qu' aprendre te doi
Si est que tu ne croies pas

22 M. et escouta; L. et se coucha.

80 M. Dont a tousjors; L. Dont tosjors..

A tous les dis que tu orras.
L'autre si est que tu auras
Chè qui tien ert, ja n'i fauras.
Li tiers, que ne dois pas plorer
Ne ne dois pas desconforter
Se perdu as aucune rien.
Or as tes trois sens, ses retien.
Quant li oiseles ot ce dit,
En une branque amont se mist:
A douch cant commencha a dire,
Vilains, dist il, dex nostre sire
Soit hui loés et gracïés
De che que tu es engigniés
Et que si as le sens perdu.
Car, se tu éusses véu
Dedens moi, quant tu me tenis.
Riches fuisses mais a toudis,
Car une pierre precïeuse
I trouaisses mult vertueuse
Qui apelée est Iacinctus
Une onche poise bien ou plus;
N'a sous chiel tresor qui le vaille,
Mais qui caut? Pour noient trauaille
Hom qui n'a sens de retenir
Dont sans trauail puisse garir.
Quant li vilains a che oï,
Ses .ıı. puins ensamble feri,
Des ex plore, du cuer souspire,
Ses puins bat et ses queuex tire;
Grant duel a pour noient coilli
De che que l'oiselet créi.
L'oisials l'esgarde, si li crie:
Vilains, dist il, diex te maldie!
Mult as or tost en oubli mis
Le sens que je t'auoie apris.
Che t'apris je que fols seroies,
Se toutes paroles créoies;
Et crois tu ore, par ta foi,
Que il ait pierre dedens moi
Ou il ait une once pesant,
Et je trestous ne pois pas tant!
Encore t'apris je autre sens
Que tu as oublïé par temps,
Que ne dois duel par perte faire.
Or te voi tes chauels detraire,
Tes puins tordre, forment plorer.
Mal leu te puissent deuorer,
Que pleures tu, qu'as tu perdu?
Che qui n'est, ne onques ne fu.
Plus n'a il pierre dedens moi
Que cauue soris dedens toi.
Quant le vilain ot mult laidi
Li oiseles et escarni,
Cantant s'en torne, sel laissa,
Puis nel vit n'adonc, nel baisa.
Peres, dist li fiex, fols estoit
Li vilains, quant il duel faisoit
De che que il auoit perdu
Che qu'il onques n'auoit éu.

Conte XX.

Du vilain qui dona ses Bues au Lou. (L.)
Fabula de lupo et vulpe. (Kl.)

Le Grand: Du Villain qui donna ses boeufs au foup (cf. Marie de France).

Caxton: Of the wulf, of the labourer, of the foxe, and the chese.

Steinhöwel: Von ainem pawren, wolff, fuchs und käs.

Biaus fiex, dist li pere, or m'entent,
Che que tu tiens presentement
Ne dois pas laissier ne guerpir
Pour cose qui est auenir.
f° 82 r°. Car par auenture atendroies
Tant que l'un et l'autre perdroies,
Et t'en auenroit autresi
Comme a un leu qui deguerpi,
Pour che que nul bien ne li fist,
Biax bues c'uns vilains li pramist.
Li vilains ert a se carue,
Par les manchois l'auoit tenue
Trestout le jour sans compaignie.
N'i auoit éu autre aïe,
Ne qui le carue tenist,
Ne qui les bues li semonsist.
Il meïsmes les semonoit,
Et il meïsmes les tenoit.
Li buef erent cras et rosné
Que bien estoient aforré.
Par orgueil de la roie issoient,
Et entour arer le faisoient.
.ıı. orgueilleus en i auoit
Par qui sa journée perdoit.

Par maltalent et par grant ire
Les commencha lors a maldire,
Et a orer et a proier
Que mals leus les péust mengier.
Sanbin, dist il, et vous, Marchuel,
Fait m' aues hui chest jor grant duel,
Et je vous ai a Ysengrins,
Le compere regnart, pramis.
Et il vous ait, car ma journée
M' aues hui toute anoientée.
Ysengrins ert en un buisson,
Le pramesse oï et le don,
Entre ses dens dist belement
Qu' il les rechoit sans mal talent.
Tout souauet l' en merchïa,
Et jure que il les aura.
Quant li vilains ot affinée
A quel que paine se journée,
Ses bues deslie, si s' en vait
Et Ysengrins saut de l' agait,
Li vilains saut, se li escrie:
Vilains, dist il, diex te maldie!
Pour coi prens tu mes bues? pour coi?
I' en i ai .ıı., laissies les moi!
Tu me pramesis et donas,
Voilles ou non, tu mes lairas.
Par foi, dist li vilains, je dis
La parole, mais je n' en fis
Ne fianche, ne sairement,
Si ensieurrai bien jugement.
Quel jugement, dist Ysengrins,
Des que il me furent pramis?
Ch' est asses legier a sauoir
Que par raison les doi auoir.
Dist li vilains, je nel croi pas,
Ia sans jugement nes auras.
Quant del jugement vont parlant,
Estes lor vous venu deuant
Regnart, le compere Ysengrins,
Qui sauoit les lois del païs,
Les coustumes, les jugemens
Et tous les establissemens.
Regnart, ce li dist Ysengrins,
Chist hons a mult vers moi mespris,
Car ses .ıı. bues que je vois chi
Me pramist, si que je l' oï,
Or si le mes velt retolir,
S' en alons jugement oïr.
Ce dist regnars: Pour droit noient
Ires querre aillours jugement,
Car loials jugement ferai
De vos contes, quant jes orrai;
Mais tout auant voil ensaier
Se je vous porroie apaisier
Sans plait et sans jugement faire.
Et se je n' en puis a chief traire,
Se dira cascuns sa parole.
Car j' ai esté à bone escole
Et a Boloigne et a Paris
Ou j' ai des lois asses apris
Que loial jugement ferai
De vos contes, quant jes orrai.
Preudom, parole cha a moi,
Et se bien te di. si me croi.
Regnart a une part le trait,
Vilains, dist il, tu as chi fait
Fole pramesse de tes bues,
Et saches tu, que il t' est wes
f° 82 v°. D' auoir plaidéours a talent,
Se tu atens le jugement.
Et si saches ore tres bien
Que, se li buef estoient mien,
Ia par plait en court n' en seroie
Se par del mien finer pooie.
Se tu m' en crois, tel feras tu
Car par jugement sont perdu
Li buef, puis que pramis li as;
Mais se je voil, ja nes perdras;
Car se une gueline auoie,
Et ma femme autre, je feroie,
Par mon engien et par mon art,
Que petite en seroit sa part.
Affie moi que jes aurai
Et tous cuides les te rendrai.
Sire, dist cil, jel vous afi.
Or est bien, dist regnart, ensi
Trai toi ensus, se li dirai

45 M. Li vilains saut: L. Le vilain suit.

91 M. Et saches tu que il tes wes;
L. Si saches tu que il t'est oes.

107 M.... le tes rendrai; L. les te rendrai.

Des mieldres mos que je sarai.
Sire Ysengrins, ce dist regnart,
Traions nous cha a une part,
Moi et vous, ne vous doit peser,
Deuons d' un vostre ami parler.
Regnart a une part le tire,
En conseil li a dit: Biax sire,
Vous saues bien que je sui vostre,
Mais le force n' en est pas nostre,
Car, se cil vilains vous pramist
Ses bues, maluais pleges i mist;
Un sairement vous en fera
Et par itant s' en passera.
Lui que caut, se il se parjure?
Encore est cil en auenture,
Car par le loial jugement
N' en fera il ja sairement,
Se ne vient auant qui oïst
Que la pramesse vous feïst.
Et encore nis pour prametre
Nel doit on a sairement metre.
Mais jel vous ai tant timoné,
Et tant point et aguilloné,
Que un formage que il a
Grant et merueilleus vous donra,
Se l' en laissies ses bues mener
Sans faire le a plait aler,
Et vous le feres liement
Car miex valt itant que noient.
Dist Ysengrins: Jel ereant bien,
Car formage am sor toute rien;
Mais d'itant me faites chertain
Que il soit grans et de bon grain.
N' en aies, dist renart, paour,
Il m' a enseignié le meillour
Et tout le gregnour qui i soit,
Et je vous i menrai tout droit.
Entre les poins le vous metrai,
Se diex plaist, et vous sen arai.
Diua, vilains, ce dist renart
Va t'ent hui mais, car il est tart
Main ent tes bues au dieu congié,
Car li sire l' a otroié
Que li formages sera pris;
Car je sai bien ou tu l' as mis,
Se l' i menrai et il prendra
Celui que il miex amera.
Alons, sire, dist il, alon,
Nuis sera, quant nous i venron.
Renart s' en torne, et Ysengrins
S' est au chemin apres lui mis.
Renart, qui goute ne l' amoit,
Le desuoia tant com il pot.
Tant l' a mené et delaié
Que il fu tres bien anuitié,
Et que la lune luisoit cler,
Dont s' en volt renart deliurer.
A un puis est droit arriués
Qui mult estoit parfons et les.
Ysengrins fist dedens garder
Pour véoir et pour auiser
Le forme qui toute y paroit
De le lune qui plaine estoit.
Ves la, dist il, sire Ysengrins
Le formage que vous pramis.
Se vous plaist, or i entreres,
Mengies ent, et si m' en dones.
Che dist Ysengrins: Tu iras,
Et cha sus le m' aporteras.
f° 83 r°. Et se tu nel pues aporter,
Dont m' i conuenra il aler.
Amont gardent, si ont véus
.II. traitors sor le puis pendus
As .II. chies d' une corde estoient.
Et par tel engien i pendoient,
Que, quant l' uns el puis aualoit,
Et l' autre contre mont leuoit.
Li plus pesans ens se metoit,
Et le plus legier en traioit.
Regnart, pour faire au leu ses gres.
Est en l' un des traitors entrés;
Dedens le puis s' en auala.
Iamais par lui n' en reuenra,
Mais entente et espoir auoit
Que ses compains l' en geteroit.
Regnart el puis se demora
Ysengrins defors se coucha.
Regnart, dist il, ce est anui,

111 L. Del mellesme que je saurai. v. Gröber's Grundriss, I, 258.

152 M. Mainent; L. Meine en...
162 cf. n'entendre goutte, ne voir goutte.

Comment, n'en isteras tu hui?
Mult m'anuie ceste demeure,
Tu le mengües, ore l'eure.
Che dist regnart, tu as grant tort,
Se ch'estoit ma vie ou ma mort,
Ne me porroie plus haster:
Car je nel puis seus remuer,
Tant le truis greueus et pesant.
Maldis soit hui quil fist si grant!
Ou cha jus aual descendres,
Ou cha par moi, n'en mengeres.
Comment irai, dist Ysengrins?
Ce dist regnart, comme je fis:
Entres en cel autre traitor.
Ysengrins n'ot soing de sejor.
Qui auques ert d'aigre corage,
Et qui conuoitoit le formage.
Dedens le traitor s'en entra,
Il fu gros et forment pesa.
Deliurement au fons caï,
Li autres traitors s'en issi
Ou regnart ert qui mains pesoit,
Et cui li sejours anuioit.
En milieu del puis s'encontrerent,
Mais cui caut? Pas n'i sejournerent
En ichel lieu a parlement,
Regnart n'en auoit nul talent.
Regnart, ce li dist Ysengrins,
Je voi bien que tu me guerpis:
Retorne, si feras que sage,
Bone part auras del formage.
Che dist regnart, je n'en ai cure,
La crouste me samble trop dure,
Et je vous sai auques a glout,
Si voil que vous le mengies tout.
Quant regnart fu sor l'eur del puis
Del traitor s'en est fors issus.
Regnart le leu dedens laissa,
Or s'en isse, quant il porra:
Car regnart est a seche terre
Qui del mois ne l'ira mais querre
Or puet boire, se il a soi,
Regnart s'en vait sans sen conuoi.
Che, dist li fiex, n'ert pas bien sage,
Quant il laissoit pour le formage
Dont auoiement ne sauoit,
Les bues que deuant soi véoit.
Car fors trestout l'autre damage
N'en ot il ne bues ne formage.
Encor te casti je, biax fis,
Que ne croies pas a tous dis,
Ne d'omme ne prengnes conseil
Que loial ne ses et feeil.
Car, se toutes coses creoies,
En pluisieurs lieus folieroies
Dont ne resorderoes noient
Que n'éusses grant marement.

224 M. En ichel lieu apartement; L. à parlement.

242 M. n'iert; L. n'ert. — 243 M. aloit L. laissout. — 254 M. Ce vers a été intercalé par un autre scribe.

Conte XXI.

Du Larron qui embracha le rai de la Lune. (L.)
De latrone ad domum diuitis ueniente. (Kl.)
Le Grand: Du Voleur qui voulut descendre sur un rayon de la lune.

Conter oï ja d'un larron
Qui par nuit vint a la maison
D'un riche homme que il sauoit
Qui grant plenté d'auoir auoit.
Desus le maison s'en monta,
Et droit a la fenestre ala
Par ou li fus s'en seut issir.
Sa teste mist ens pour oïr
Et escouter, se cil dormoient
Qui dedens le maison gesoient.
Li sires de l'ostel veilloit,
Par la lune qui cler raioit
f° 83 v°. Et luisoit dedens le maison,
Vit bien et connut le larron.
Se femme belement esueille,
Si li conseilla en l'oreille
Qu'a haute vois li demandast,
Et que gramment l'en encherquast
Que il desist dont li estoit
Venus cil auoirs qu'il auoit.
Cele fist son commandement.
Sire, dist ele, estrangement
Me merueil, et si voil sauoir

Comment vous aues tel auoir.
Dame, dist il, et vous que caut?
La merchi dieu, rien ne vous faut,
Si gardes che que vous aues,
Et s'en faites vos volentes,
Et si ne vous caut dont je l'oie,
Car nus hons ne nous en plaidoie.
Sire, dist ele, ne monte rien,
Ie n'arai mais joie ne bien,
De si que je sache de voir
Ou aues troué tel auoir.
Dame, díst il, vous le sares,
Mais gardes bien que le celes,
Ie sui lierre, si emblai tant
Que je en sui riche et manant;
Mais laissié l'ai, la dieu merchi.
Chertes, dist ele, tel n'oï.
Merueille fu, quant par embler
Péustes tel cose assambler;
Car onques n'en fustes retés,
Que nous séussons, ne criés.
Dame, dist il, car je sauoie
Un bon carne que je disoie,
Quant je venoie a le maison,
Isnele pas montoie en son.
Tout droit au louvier m'en aloie,
Au raï de la lune enclinoie
Qui par le louier entroit ens,
Et puis disoie entre mes dens:
Saulem, saulem, qui tels estoit
Li carnes qui mestier m'auoit;
Car quant .vII. fois l'auoie dit,
Ne m'estouoit puis nul conduit
A entrer dedens le maison
Que tout me metoie a bandon,
Le rai de la lune embrachoie,
Et aual lui m'en aualoie.
La vertus que li carne auoit,
Desor le rai me soustenoit.
Quant je auoie tout enquis,
Et quanque je voloie, pris
Ariere a mon rai reuenoie,
Et mon carne autretant disoie
.vII. fois comme au deualer,
Puis pooie desus monter
Séurement sans auoir mal,
Et aler amont et aual.
Desus le rai m'en remontoie,
Et ensamble o moi emportoie
Che que pris auoie en l'ostel,
Ni laissoie ne un ne el
Qui me péust mestier auoir.
Ensi conquis je cest auoir.
Che dist la dame, or sachies bien
Que cest carne aim sor toute rien
Mult par sui liée, quant jel sai,
Car a mon fil l'enseignerai,
Quant il auera son aé,
Pour soi garder de poureté.
Dame, dist il, bien est raisons
Desor mais que nous nous dormons.
Pour Dieu or me laissies dormir,
Car ne puis mais les ex ourir,
Tant m'a sommels pris et plaissié.
Sire, dist ele, au dieu congié
Dormes vous, et je si ferai,
Car ensement grant someil ai.
Andui font de dormir samblant,
Mais ne dorment ne tant ne quant.
Li sire commenche a fronchier
Pour le larron miex desuoier.
Et li lierres qui ot oï
Le carne, mult s'en esjoï.
Mult i auoit bien entendu,
Et mult l'auoit bien retenu.
Il le tenoit bon et verai
Metre le volra a l'essai.
fº 84 rº. Quant ses carnes est difinés,
Si est desor le rai montés,
Ne se tint decha ne dela
Pour son carne ou tant se fia.
Lait soi aler tout a bandon,
Et il chiet emmi le maison.
Au caioir fist merueilleus quas,
Et si frainst le cuisse et le bras.
Li sire de l'ostel s'escrie,
Comme se il nel séust mie:
Qui es tu? Va, qui cheens es

54 M. qui mostré m'auoit; L. qui mestier m'auoit. cf. v. 75.

79 M. lié; L. liée.

As tu mestier d'estre confes?
Et li lierres li respondi:
Ie sui li caitis qui créi
A ton carne que tu disoies
Pour coi dechoivre me voloies.
Or bien sai que tu le disoies
Pour moi traïr que tu véoies.
Biax fiex, dist li peres, traïs
Fu li lierres et mal baillis
Pour ce que folement creoit
Les paroles que il ooit.
Ia sans marement ne seroit
Qui toutes paroles croiroit
Fiex, encore te voil castier
Que ne te dois trop aprochier
De roi qui ne garde raisons,
Et qui fiers est comme lions,
Et qui a enfantieu courage.
Puis qu'il en a passé l'aage.
Si te garde, si com pour toi
Que tu ne dies mal del roy;
Car ains son jour en pert la vie
Ichil qui en dit vilenie.
Encor te di je plus del roy,
Se il est pechierre de soi,
Et il soit soues a la gent,
Dex l'en sueffre plus longuement
Et lait pour son pueple regner
Que il velt par droit gouerner,
*Qu'il ne feroit, se de son corps,
Estoit nés bons, et par defors
Fust au pueple fel et maluais
Qu'il deuroit gouerner en pais.

114 M. querroit; L, creira.
125 M. encor; L. oncor.
134 M. Teleure est qui; L. Icil qui.
Pour les vers 135 — 144 l'original latin s'exprime ainsi: „Diutius durare patitur Deus regnum Regis in sua persona peccantis, si bonus sit gentibus et mitis, *quam faceret justo Regi in sua persona, si malus esset gentibus et crudelis".
142 M. bons.

Conte XXII.

De Marien qui dist ce qu'on li demanda. (Barbazon-Méon.)

De quodam rege grecorum. (Kl.)

Ce conte qui manque dans L., est déjà publié par Bartsch, v. sa Chrestomathie p. 273—76. Chez Barbazan-Méon c'est conte XXIII. B. = Bartsch.

Platons en un liure nous dit
Qui des prophecies escrit,
Que jadis ot en Grece un roy
Qui asses ert nés bons de soi,
Mais au pueple qu'il gouernoit
Ert cruëls et mult le greuoit.
Il auint si qu'il li sourt guerre
De toutes pars et que sa terre
Cuida perdre qu'il gouernot.
Pour le paour que il en ot
A fait pour son regne mander
Et deuant soi tous assambler
Les philosofes de la terre
Pour demander et pour enquerre
Com faitement li auenroit
De le guerre que il auoit.
Quant il furent tout assamblé
Si lor a humblement moustré
Que de le guerre auoit paour
Et mult en ert en grant fraour
Que li sourdoit tant durement,
Et a faire auoit a tel gent
Qui de rien nel espargneroient
Et qui le regne destruiroient.
Si crieng, seignour, foi que vous doi,
Que pour la malvaistié de moi
Par mon pechié et par mon vice
Viegne au regne ceste malice.
Et vous, seignour, nel celes mie,
Se vous pechié ne vilenie
Saues en moi dont diex n'ait cure.
Et je l'en ferai a droiture
Plenier droit et amendement
Tout selonc vostre jugement.
Li philosofe ont respondu:
Chier sire, n'auons pas vëu

2 M. Qui; B. Que. — 9 M. gouernoit.
17 B. tuit. — 18 M. hublement.

En ton corps criminel pechié;
Mais de tant as mal esploitié
Que n'es un poi plus debonaire
A cels qui vers toi ont a faire.
Ne fin ne sauons de la guerre
Qui vous est soursse en ceste terre
Ne qu'il en auenra a nous
Ne au roialme ne a vous;
f° 84 v°. Mais a trois journees de chi
A diex un sien feel ami,
Marïanus est apelés,
Qui del saint espir est priués.
[Car] par lui dit, ja ne faura,
Che qui est et fu et sera.
Biax sire, a lui enuoieres
Et par lui conseilliés seres,
Car isnelepas vous dira
Quanque il auenir deura.
Li rois fist sempres aprester
Sept d'els et au saint homme aler.
Li sept philosofe i alerent,
Tant le quistrent qu'il le trouerent.
Quant li sains hons les a vëus,
Maintenant les a connëus,
Ia soit che que mais ne les vit
Ne d'autre homme ne li fu dit:
Mais sains espirs li a moustré
De la cose le verité.
Deuant soi les a apelés.
Venes, dist il, auant venes,
Li messagier au maluais roy
Qui vers dieu n'a amour ne foy.
Diex auoit en se garde mis
Diuerses gens, diuers païs
Qu'il deuoit en pais gouerner,
Et ses a fait a honte aler,
Cruëls lor a esté et fels,
Mult lor a fait hontes et dels.
Mais nequedent diex qui crïa
Et d'une matere forma,
Non diuerse, et lui et als,
A or lonc tamps soffert lor mals.
Les crualtes que ila faites
Li seront or auant retraites.
Diex l'a pluisors fois castïé
Espoënté et manechié,
Et par signes amonesté
Que il laissast sa crualté:
Mais desor mais nel velt soffrir;
Pour ce a fait sor lui venir
Estranges gens qui plaisseront
Sa vilenie et destruiront.
A tant se teut n'a plus parlé,
Et cil ont deus jours sejourné,
Et au tier jour ont pris congié.
Et il lor a bien anonchié:
Seignour, dist il, ales ariere,
Car vostre rois gist en la biere.
Mors est et a sa fin alés,
Sachies que autre roy aues.
Diex ja i a autre posé
Qui iert selonc sa volenté.
Car drois gouuerneres sera.
Et cels doucement traitera
Que il ara a gouerner.
Par droit volra cascun mener.
Quant li message ont ce oï,
Li quatre sont d'iluec parti.
Li troi pour dieu o bon corage
Ensamble o lui en l'ermitage
Se remetent pour dieu seruir
Et pour sa doctrine coillir.
Chil qui ariere retornerent
Tout ensi la cose trouerent
Com li sains hons lor ot apris,
Que de rien n'i auoit mespris.
Fiex, dist li pere, entent a moi!
Ne soies pas bourgois a roy
Que tu saras qui plus despent
Que sa rente ne li consent.

Conte XXIII.

D'un Marchéant qui ala veoir son Frere. (L.)

De quodam sapiente cui quidam rex totum regnum suum commisit. (Kl.)

Le Grand: Du Marchand qui alla voir son frère.

Uns rois auoit un sien serjant
Sage. courtois, et bien vaillant;

49 B. qu'il. — 50 B. p. l. d. que ja n. f.
69 M. foi.
86 B. desormais. — 105 B. sunt: M. sont.

Bien l'auoit li rois essauchié
Qui de siecle ert, mult enseignié.
Pour son sens et pour sa valour
L'auoit fait li rois tel honour
Que la cure li a baillie
Et de soi et de sa maisnie,
Et tout li a mis a bandon,
Et son roialme et sa maison,
Que ses despenses ordenast,
Les plais de sa terre plaidast,
Toutes ses rentes rechéust,
Et despendist, com lui pléust.
Cil ot un frere marchéant,
Mult sage homme et bien conquerant.
f° 85 r°. Loins de chel roialme manoit
Dont ses freres bailliex estoit,
Et quant il ot oï de voir
Que ses frere ert de tel pooir.
De son païs s'est esméus
Et, la ou il estoit, venus.
Quant il fu pres de la cité,
Si a a son frere mandé
Que il venoit. Quant cil oï
Lies en fu et mult s'esjoï.
Encontre ala mult lïement,
Et mult le rechut bonement.
Et quant il vit que lies en fu,
A son seignour a conéu
Que ses feres venus estoit.
Li rois qui l'amoit et créoit.
Li a maintenant commandé
Que il le tiegne en grant chierté.
Et se retenir le pooit,
Retenist le, mult li plaisoit.
Et il otroioit bonement
Qu'il éussent communement
Il dui le garde et le baillie
De sa terre et le seignourie.
Et s'il ne velt, par auenture,
Soffrir le trauail ne la cure,
Se li dourai en ma cité
Maisons et terre a grant plenté;
Et si franchement le tenra
Que ja mar seruice en fera.
Et si l'amour de son païs
L'a si comméu et espris
Que il s'en voille arriere aler
Et chi ne voille demourer,
Si faites mon commandement
D'enuoier l'ent mult richement.
Quant cil a la parole oïe,
Le roy humblement en merchie
Apres est a son frere alés
Se li a cels consels moustrés.
Et cil respont mult sagement:
Biax frere, ne vous caut noient,
Mais, se retenir me voles,
Les rentes le roy me contes
Et me dites, combien i a.
Et cil toutes li aconta.
Biax frere, or me dites auant,
Que despent il? par foi itant
De tout en dist la verité.
Puis ont entrels .II. aconté
Que plus ne mains ne despendoit
Que la rente que il auoit.
Chil dist, biax frere, s'il sort guerre
A vostre seignour de sa terre,
Car me dites, ou il prendra
L'auoir dont il soldaiera
Sa maisnie et ses cheualiers?
Iluec conuenra il deniers.
Mais ne sai, ou il les prendra
Quant il despent quanque il a.
Frere, aucun conseil prendrion
De coi nous les soldoieron.
Ie sai bien, fait il, orendroit
Ou cil consels reuertiroit;
S'auoir auoie auques conquis,
A lui seroit chil consels pris.
Biax frere, pour ce le vous di
Que je ne remainra pas chi.
A dieu soies vous commandés,
Dist cil, trop i sui demourés.
Pere, dist li flex, ja de roy
N'iere priués, si com je croi
Quanque li philosofe ont dit,
Et quanque il ont mis en escrit.

4 M. iert; L. ert.
12 M. Les prises; L. Les plais.
32 M. cremoit; L. créoit.

54 M. hublement; L. humblement.

Biax fiex, ains est grans sens a faire
Cose dont on puist au roy plaire.
Pere, dist il, car me mostres
Et m' enseignies et aprenes,
Se il me conuient roy seruir,
Comment m' estoura contenir
Que je sa grace puisse auoir.
Fiex, dist li pere, a ce sauoir
Saches que mil coses conuient
Dont orendroit ne me souient;
Mais d' itant com moi souenra,
Et ou aucun pourfit aura,
Te dirai je un poi briement.
Ce tien de mon enseignement,
f° 85 v°. Que qui de roy velt estre amés,
Gart soi tous jours qu' il soit membrés
Quels coses conuienent à roy,
Et selonc ce, contiegne soi.
Gart soi qu' il puisse estre en estant
De si qu' a séoir le commant
Li rois. Ne ja mar parlera
De si que mestiers en sera,
N' o le roy ne soit longuement
Se il n' en a commandement.
Son conseil fache bien taisir,
Et bien se gart del descourir.
N' ait pas les oreilles couertes,
Anchois les ait tous tans ouertes
Pour oïr que li rois dira,
Et se li rois commandera.
Et se rien li dit, sel retiegne
Si que au roy ne recouiegne
Redire, qu' il soit corechiés
Pour sa parole recherquier.
Del commandement le roi faire
Soit tous tans pres, s' il li velt plaire,
Ne ja mar fera nul samblant
Que rien li griet qu' il li commant.
Par tout li conuient obéir
Et soi garder mult de mentir;
Et sel reconuient mult gaitier
De tel o soi acompaignier
Vers cui li rois ait maltalent,
Ne qui de lui soit malement.
Ia mar arestera en plache
Ou cil que li rois het, s' estache.
Puet cel estre, quant la venra
Que longuement serui l' aura,
Et que mult se sera greués
De tout ce faire et plus asses,
Et grant trauail i aura mis,
Se n' i ara il riens conquis,
Et si, puet cel estre, auenra
Que poi ou noient conquerra.
Pere, che dist li fiex, bien voi
Que qui longuement sert a roy
Nus preus ne l' en puet auenir
Ne li puet plus mesauenir
Biax fiex, li pere a respondu,
A maint homme est ja auenu:
Pour ce est voirs ce que nous dit
Le philosophe en son escrit,
Que nus ne se doit endormir
Trop longuement en roy seruir.
Uns autres redit ensement
Que qui a roy sert longuement,
Et en aucun bien ne li pert,
C'est siecle et trestout l' autre pert.
Par foi, ce dist li fiex, chier sire
Vous m' aues oublié a dire
En quel maniere mengier doi
Se je menjus deuant le roy.
Biax fiex, non ai, car en un sens,
Dois mengier par tout en tous tens.
Nule diference n' i a
De mengier ci ou mengier la:
Autresi dois mengier par toi
Comme tu dois deuant le roy.
Or me deues dont enseignier
En quel maniere doi mengier.
Nota mensae disciplinam. (Kl.)
Volentiers. Quant laué aras,
Ia mar rien puis en toucheras
Fors ce que tu deuras mengier;
Et ne te caut trop conuoitier
De pain mengier, mais aten tant
Que li premiers mes viegne auant;
Et si n' est pas ne bon ne bel
Que on embate tel morsel
En se bouche, ou il ait tant

139 M. se fera greués; L. se sera greués. v. 157. Qui servit regi sine fortuna, hoc saeculum perdit et aliud. -- 163 M. en nul sens; L. en un sens.

Que les mïes aillent chaiant
Dechi et dela; vilenie
Samble trop grant et glouternie.
Et anchois aies bien maschié
Et en ta bouche tournoié
Le morsel que tu as ens mis,
Et que a maschier as empris,
Que tu le laisses outre aler
Se vels pour crieme d'estrangler.
Se sans vilenïe vels boire.
Garde que ta bouche soit soiure
Del morsel que mis i aras,
Que ja mar o tel frain beuras.
f° 86 r°. Rains de vilenïe le touche
Qui tel soupe fait en sa bouche.
Si sache que est vilenie
De parler, et mult grant folie.
Tant comme ta bouche soit plaine,
Car pres d'iluec a une vaine,
la tant petit n'i entreroit
Del morsel, s'il i remanoit
Que il te conueuroit morir.
Pour ce se fait boin abstenir
Tant que li mortiax soit passés,
Apres pues tu parler asses.
Se n'i dois onques le main tendre
Deuant ton compaignon pour prendre
En s'escuëlle le morsel,
Se mieldre le vois et plus bel
Que cel qui denant toi sera;
Vilenie est, nel faire ja.
Apres mengier l'eaue demande,
Car la fisique le demande,
Mains ont malauais ex et vilains
Quis éussent et biax et sains,
Se tant d'affaitement séussent
Qu'apres mengier l'eaue éussent.
Pare, dist li fiex, dites moi
Se aucuns me semont a soi,
Doi li maintenant otroier,
Ou se m'en doi faire proier,
S'il m'en semont, que respondrai?
Biax fiex, bien le t'enseignerai.
Esgarde bien qui ce sera
Qui de mengier te semonra.
Se il est preudons et haus sire,
Ne le dois noient escondire,
Maintenant li dois otroier
Et aler auec lui mengier;
Et se il est de poi d'afaire;
Trestout autrement le pues faire:
Car selonc ce que tu verras
Que il sera et tu seras
.II. fois ou .III. t'en fai proier
Ains que li voilles otroier.
S'auctorité en vels auoir,
De verité le pues sauoir.

Nota factum abrahae. (Kl.)

Car Abraham que Diex amoit,
Denant sa porte un jour s'estoit,
.II. angles trespasser i vit
Qui auoient humain habit,
Comme doi homme trespassoient.
Car humaine forme portoient.
Quant Abraham les auisa,
Mult humblement encontre ala:
[Mult les commencha a proier]
Qu'o lui venissent herbergier,
La nuit o lui se reposaissent,
O lui béussent et mengaissent.
Pour ce que haus hons ert et sire,
Ne le volrent pas escondire
Ains s'en alerent auec lui
Et la nuit i furent andui.
L'endemain quant d'iluec tournerent,
Par deuant l'ostel Loth alerent
Qui neueu Arbaham estoit.
Qant il les vit, si ala droit
Encontre pour els deproier
O lui venissent osteler.
Pour ce qu'il n'n'ert pas del sauoir

192 M. o tout le frain; L. o tel frein. Pour les vers 171 et ss. cf. Jac. Klöbl's Tischzucht, de plus: Die Tischzucht im Rosenton, Contenances de Table par Mdme de Saint-Surin, et «The Booke of demeanors by Richard Weste», London 1619.

245 L. Mout les commença a prier. Ce vers manque dans M. — 257 M. deporter L. depreier. — 259 L. ert, M. iert. — Les vers 260 et 261 manquent dans L.

Sire Abraham, ne del pooir.
Li volrent a paine otroier
Qu' o lui venissent herbergier.
Ains s' en firent mult detirer
Ains qu' il i volsissent entrer.
Pere, dist li fiex, dites moi
Quant mené m' en aura o soi
Chil qui de ce m' aura requis,
Et au mengier serons assis;
Car me dites que je ferai,
Se petit ou mult mengerai.
Biax fiex, mult, et ses tu pour coi?
Car qui t'apelera o soi,
Se il t' aime, mult li plaira,
Se il te het, grant duel ara.
S' en pues ton ami léechier
Et ton anemi corechier.
Pere, dist li fiex, ch' est vertés,
Et orendroit sui remembrés
Du paltonier que je vi ja,
A cui uns maistres demanda.
Se en mengier se delitoit,
fº 86 vº. Et encor combien il mengoit.
De quel vïande, dist il lui?
De la moie, ou de l' autrui?
De la toie, jel vous dirai,
A tout le mains que je porrai;
Et de l'autrui, par ma foi, tant
Que je ne puis mengier auant.

Conte XXIV.

De Maimon le perecheus, (L.)

Relatio de Maymundo quodam leccatore.

Le Grand: De Maimon. (Ce conte été mis en vers par Imbert.) Cf. Schatz-Kästlein des rheinischen Hausfreundes von Hebel. (Ein Wort gibt das andere.)

Che dist li pere, je roï
D' un autre serf tout autresi,
Mais qui glous ert et menchoigniers,
Et perecheus et noueliers.
Li sires a cui il estoit,
Cui il mult souent desseruoit,
Une nuit li pria et dist
Que sa porte bïen closist
Et mult matinet le rourist;
Mais onques ne s' en entremist,
Car toute ouerte le laissa
Par preeche de clorre la.
Au matin ains qu' il ajornast,
Si dist li sire qu' il leuast,
La porte alast mult tost ourir.
Sire, dist il, vostre plaisir,
Sai des ersoir de ceste cose.
Sachies que anuit ne fu close,
Car j' auoie bien empensé
Qu' il vous venroit a volenté
Que toute jour fust ele aperte.
Pour se remest ersoir ouerte.
Dist li sires: Pour tel laissies:
Pour paour que ne leuissies.
Lieue tost sus isnelement,
Fai ta besoigne vistement,
Li jours s' est ja bien auanchiés
Et li solaus est bien hauchiés.
Sire, dist il, or esploities,
Se li solaus est si hauchiés
Com vous dites, si me dones
A mangier, si com vous soles.
Cuiuers sers, maluais pautonier
Vels tu donques par nuit mangier?
Se nuis est, laissies moi dormir
De si au jour tout a loisir.
Une autre nuit le rapela,
Lieue tost sus, dist il, si va
La fors véoir, s' il pluet ou non.
Et chil apela le gaignon
Qui defors la porte gisoit.
Partout tasta, se ses estoit;
Quant il l' a partout sec troué,
Tantost l' a au seignour crié.
Sire, dist il, il ne pluet pas.
Va, dist li sire, isnelepas,
Garde moi, se del fu i a
Et li pautoniers apela
Le cat qui gisoit el foier,
Si le commenche a manoier.
Et quant par tout le troua froit,
Si dist que point n' en i auoit.
Ses sires un jour reuenoit
D' une foire ou esté auoit.

3 M. Majs que; L. Mes qui . . .

Asses i auoit gaaignié
Si en repairoit a cuer lié.
Li pautoniers encontre ala.
Quant cil le vit, si se douta
Que tels noueles n' aportast
Dont en son cuer se corechast.
Diua, dist il, garde toi bien
Que ne me dies nule rien
Dont j' aie maltalent ne ire.
Non ferai je, hiax dous chier sire,
Mais vostre boine lisse est morte
Qui gisoit dejoste la porte.
Quant fu morte et en quel guise?
Par foi, vostre muls l' a ochise
Qui paour ot, si s' effrea
Et sen chauestre depecha.
La lisse en sa voie troua
Et dessous ses pies l' escacha.
Li muls or est mors a droiture,
Car un puis ot par auenture
En sa voie ou il s' achoupa,
Dedens chaï, si se noia.
Comment fu il espoentés?
Vostre fiex ert la sus montés
El solier dont il trebuscha
Si que le col se pechoia.
Dis me tu voir? Par foi, oïl.
fº 87 rº. Vit sa mere? Par foi, nenil,
Car ele ot tel duel del enfant
Que ele morut maintenant.
Et qui garde nostre maison?
Par foi, n'ia se cendre non,
Toute est arse, en cendre mise.
Arse, dist il, et en quel guise?
Par foi, je vous dirai comment.
Atachié auoit folement
Une chandoile la baiasse
Par coi vostre maisons est arse.
Dedens le chambre l'aluma,
Puis s' en issi, si l' oublia,
Et la chandoile jus chaï
Tout mist a cendre et tout brui.
Et que deuint la chamberiere?
En la chambre reuint ariere
Que le fu estaindre cuida,
Mais onques puis n'i repaira,
Car auant chaï sor son vis,
Et li fus estoit si espris
Que toute l'arst isnelepas.
Et tu comment en escapas
Qui tant es perecheus et lens?
Quant je le vi ardoir dedens
Et le calour del fu senti
Plus tost que je poi m' en fui
Quant li sire l' a entendu
Que si li ert mesauenu,
S' il fu dolens, ne m'en merueil,
Sans confort fu et sans conseil,
Chies un sien voisin s'en ala
Qui le rechut et herberga.
Commencha le a conforter,
A dire et a amonester

Nota phylosophiam contra aduersitatem. (Kl.)

Car nus doloser ne deuoit,
Se les biens del siecle perdoit,
Car nus biens el siecle ne n' est,
Si grans qui soit, mais que uns prest,
Ne cist prest ne dure nule eure.
Ne hons nul terme n' i demeure.
Noiens est, a noient reuert,
Fols est qui duel fait, se il pert.
Rien n' est en cest siecle durable
Nus n'i puet auoir cose estable.
Tu ne dois estre trop torblés,
Se tu chies en aduersités;
Ains te doit tous tans souenir
Que tu pues a grant bien venir,
Et que fortune te metra
En sa roe qu'el tornera,
Qui maint en grant aduersité
A mis en grant prosperité.
En tel maniere oublieras
L' auersité ou tu seras.
Pere, ce li a dit li fis,
Mult sont gens fols et esbahis,

96 M. mist a terre; L. à cendre.

106 L. ardre. — 108 L. Alains que je poi m' en issi Dans M. le scribe avait d'abord «issi», mot qu'il raya pour le remplacer par «fui».

Quant li siecles si maluais est,
Que il n'i a ne mais un prest
Qu'il estuet rendre maintenant,
Pour coi se trauaillent il tant
En pourcachier en tantes guises
Ces terrïennes manantises
Qui isnelepas sont alées
Et a tel trauail aünées?
Biax fiex, ce en est l'acoison
Que longuement estre i cuidon,
Et ne sauons terme nommer,
Combien i deuons sejorner,
Et ensor que tout ce nous dit
Uns sages hons en son escrit
Que pour l'autre siecle deuon
Ourer, com se nous cuidion
Maintenant de vie seurer.
Et pour iche deuons ourer
Autresi, com se pension
Que jus jmais ne morisson.
Car mex te viént qu'apres ta mort
Aient, ou a droit ou a tort,
Quanqu'el siecle conquis aras
Cil meïsmes que tu harras
Et tenras pour tes ennemis.
Qu'il te conviegne tes amis
Pour besoing el siecle proier,
Ne en ta vie mendïer.
Mais li siecles est si maluais,
Que rien n'i puet durer en pais
En un semblant, ne en un molle,
f°87 v°. Che est uns pons qui tous tans crolle.
Cels fait au passer trebuschier
Qui ne se veulent bien choier.
Cil se choie qui le droit vait,
Qui le bien fait et le mail lait.
Car nus hons ne doit retenir
Fors tant dont se puisse garir
A honour et cels bien garder
Que il aura a gouerner.
Et se gart que tant en retiegne
Que mendïer ne li conuiegne.
Et a que faire en retenroit
Plus que mestier ne li seroit,
[Quant si petit i demorra
Que tot guerpir li conuenra?
Car la mors saisist en es l'ore
Celui qui ele plus demore,
Car tous tans en agait seroit,
Comme ele est pres, preu y auroit.]

Conte XXV.

D'un Larron qui demora trop au tresor. (L.)

Fabula XXVI. fabula XXVII et fabula XXVIII de l'original latin ont été omises.

De fure diuitis domum ingrediente. (Kl.)

Maint a dechéu autresi,
Comme jadis conter oï
Qu'auenu ert a un larron
Qui par mult petit d'acoison
Roboit le maison d'un riche homme.
Dedens se mist, ce est la somme.
Mult le troua bien replenie
Et de grant riqueche garnie.
Quant il vit que tant i auoit
Que demi porter n'en pooit,
A eslire en commencha
Che que miex li plot et haita.
Tant a a eslire entendu,
Tant demora et tant i fu,
Qu'il ajorna et qu'il leuerent
De le maison et sel trouerent
Des grans riqueces eslisant
Mais ce n'ert pas pour lor garant.
Cil l'ont pris et estroit lié,
Puis l'ont au preuost enuoié
Qui li rendi son guerredon
Tel que on doit rendre a larron.
S'il se fust adonc pourpensés
Que li jors n'iert pas oublïés,
Et que gaires ne demorroit
Que l'aube clere aparistroit,
Sains et saus s'en péust aler,
Et s'en péust o soi porter
De tout le miex de la maison.

Le vers 183—188 manquent dans L. Probablement ils ont été ajoutés plus tard.

151 M. enser que tout; L. ensorquetot.

18 M. iert; L. ert.

Biax fiex, tout autresi faison
Que les riqueces de cest mont
Tant a eles baer nous font,
Que li jours est en oubli mis,
Et il n' est ne lens ne restis.
Ains nous emmaine sodement
Le hart el col au jugement.
  Biax fiex, li jors qui si descueure
Nostre larrechin et nostre oeuure,
Ce est li jours de nostre fin
Que nous auons plus pres voisin.
Tele eure est que nous ne cuidons,
Car quant nous mains nous esgardons,
Es vous que a celi nous baille
Qui nous bat et paine et trauaille.
C' est au dyable qui vencus
Nous a en camp et recréus
Par terrïenne conuoitise
Qu'entre nous a semée et mise.
Les riqueces tant conuoiton
De cest mont que dieu oublïon.
Et cist siecles vait sans menchoigne
Tout autresi comme de songe.
Car maintes fois a on songié
Que on auoit son col cargié,
Et si grant auoir i auoit
Que nis porter ne le pooit,
Et si tost com il s' esueilloit,
Et nule cose ne trouoit:
Si auoit sa joie perdue
Que de noient auoit éue.

Conte XXVI.

Du vilain qui songoit. (L.)

Uns vilains songoit qu' il auoit
Mil berbis et qu' il les vendoit.
Uns siens voisins a lui venoit,
Pour cascune .ii. sols offroit,
Mais li vilains nel creantast
Pour rien, se plus ne l' en donast.
Ensi vont del pris estriuant
[Que] celui n' estoit acreant,
Qui le songe songié auoit.
f° 88 r°. Il s' esueilla, et quant il voit
Que tout estoit songe et menchoigne,
Et que ce auoit esté songe,
Les ex commencha a serrer,
Et a haute vois a crier:
Tu qui bargueignas les berbis,
Pour mains les auras que ne dis,
Maine les ent, ne m' en lai une,
Pour .xx. deniers aras cascune.
  Fiex, de cest siecle autresi vait,
Car quant li hom a tout atrait
Et aüné o grans paours,
O grans frois et o grans suours,
Et il cuide bien tout tenir,
Se li estuet tout deguerpir.
Car tout en peu de terme lait
Sans recourier que puis i ait;
Tout autresi li sont muchiés
Comme a celui quis a songiés.
  Seignour, merueilleus cange fait
Qui cest siecle pour l' autre lait,
Car cil est bons et cist maluais,
Cist de guerre, et cil de pais.
Cil est de joie, et cist de plour,
Cist de haine, et cil d' amour.
Cist es finables, cil durables,
Cil est fers, cist n' est pas estables.
Cist a trauals et garde et paine,
Cil a souatume en demaine.
Cil ne puet hom ore durer,
La l' ostuet il sans fin ester.
Cist dechiet plus tost que rousée
Qui del soleil est escaufée;
Chi regne enuie et traïsons,
[La] ne sont conéu lors nons.
Ia traïsons n' i entrera,
Ne enuie ne se verra,
Faintie, boisdie n' auarice
Qui purs et nes ert de tout vice.
Concorde, pais, joie et amour

30 Ce vers manque dans L.
8 M. Qui. — Les vers 18 manque dans L.

31 M. il: L. cil. — 35 M. Cist est finables, cil est durables. (Une syllabe de trop.) — Pour les vers 10—82 v. la photogravure à la fin du fascicule.
44 M. Ia.

Seront de cel siecle seignour,
Ia n'i aura maluais pensé,
Tuit seront d'une volenté.
Cascuns i porra aemplir
Tout isnelepas son plaisir.
Chascuns iert la ou il volra,
Chascuns sa volenté fera;
Plus tost que ne l'aura pensé
Ara faite sa volenté.
De seruir ne doit estre lent
Qui tel guerredon en atent,
N'est pas merueille, se cil sert
Un poi de tans, qui en desert
Que rois iert et tant regnera,
Com diex nostre sire sera,
Qui tous tams, fu. ert et sera.
Commenchail n'ot, ne fin n'ara.
Et diex qui nous a otroié
Par sa grace et par sa pitié
Que roy de cel regne seron,
Se par pechié ne le perdon,
Nous otroit a tous et consente
Que nous voisons le droite sente.
Que ne nous puisse desuoier
Cil qui mult velt nostre encombrier.
C'est dyables qui nous espie,
Qui enuers nous a grant enuie
Pour ce que bien a en memoire
Que la joie aurons et la gloire
Que il par son orgueil perdi,
Quant il trebuscha et chaï.
Diex nous doinst sa benéichon
In secula seculorum.

63 M. ert; L. iert.
64 M. sera; L. fera.
72 L. aillons.

www.ingramcontent.com/pod-product-compliance
Lightning Source LLC
Chambersburg PA
CBHW060807180626
46818CB00002B/730

* 9 7 8 2 0 1 4 4 9 1 9 7 5 *